ひげを剃る。
そ　　　生を
拾

しめさ

イラスト／足立いまる
キャラクター原案／ぶーた

contents

1話 正しさ 003
2話 兄 013
3話 教室 040
4話 友達 047
5話 屋上 060
6話 放浪 074
7話 足跡 091
8話 バット 106
9話 家族 118
10話 追想 137
11話 証明 161
12話 親友 181
13話 共有 200
14話 高校生 215
15話 約束 235
あとがき 248

口絵・本文イラスト／足立いまる
口絵・本文デザイン／伸童舎

ひげを剃る。そして女子高生を拾う。4

しめさば

角川スニーカー文庫

21590

口絵・本文イラスト／足立いまる
口絵・本文デザイン／伸童舎

1話　正しさ

「正しく生きろ」

というのは、よく父が言っていた言葉だ。

幼いころから、この言葉を何度も聞いて育ってきた。

父親は本当に気性《きしょう》の穏《おだ》やかな人物で、その人生も、経歴だけを見れば奇抜《きばつ》なことの何もないものであった。地元の小学校に通い、地元の中学校に通い、勉学に力を注いで学力の高い高校に入学をし、いわゆる名門と言われる大学に合格し、学生生活を終えた後、公務員となった。

公務員をしながら母親と俺を養ってくれている父を見ていた小さいころの俺は、特に難しく考えずに、「正しい」というのは父のような人間のことを指すのだろう、と思っていた。

しかし、年齢《ねんれい》を重ねるごとに、俺は「正しい」ということが何を意味するのか分からなくなった。

明らかに相手の我儘《わがまま》が原因で喧嘩《けんか》になったというのに自分が悪者にされることが多々あったし、何も悪いことをしていない子が急にクラスでいじめられたりするし、未成年の集団というのは理不尽《りふじん》だらけだった。

何か分からないことがあるたびに俺は父親に「あれはどういうことなんだ」と訊《き》いた。父親なら明確な答えを持っているだろう、とどこかで期待していた。

しかしそういったことを俺が質問した時の父の答えは決まって、子供の俺の期待を裏切るものだった。

「なんとも言えないな」

と父はよく言った。

「お前から見たら相手が間違《まちが》っていたように見えるかもしれないが、おそらくその子にもその子なりの言い分があるんだろう」

父の返答はこんなものばかりで、子供の頃《ころ》の俺は大変混乱した。

やられる側からはまったく分からない理不尽に対して、父は毎回「相手にも言い分があるのだろう」と言う。確かに、言い分はあるのかもしれないが、だからと言って明らかに正しくないことをする方の肩《かた》を持つべきかどうか、と俺は常に思っていた。

いつだったか、そんな不満が爆発《ばくはつ》し、俺は父親に言ったことがある。

「正しく生きろって言ってたじゃん！　『なんとも言えないな』って言い続けるのが正しいってことなの⁉」

夕食中に大声でそう言った俺に対して、父親はため息一つ、こう答えた。

「絶対に正しいことなんて、ないんだよ」

その答えに、俺は愕然《がくぜん》としたのを覚えている。

父はゆっくりと続けた。

「正しい選択《せんたく》をするよりも大事なことがある」

たっぷりと間を作ってから、父親が言った言葉を、俺はこれまで一度も忘れたことがない。

「それは……正しくあろうとすることだ。何が正しいのか考え続けることが……大切だ」

＊

目の前に立つ沙優《さゆ》の兄を名乗る男、荻原一颯《おぎわらいっさ》を見ながら、俺は背中から冷や汗《あせ》がじわじわとにじみ出てくるのを感じていた。

沙優の反応を見る限り、この男が沙優の実兄《じっけい》かどうかはさて置くとしても、関係者であることは間違いなかった。

彼女を引き取りに来たというのも冗談《じょうだん》とは思えない。実際に、沙優が居候《いそうろう》していることの家を正確に探し当て、直接訪ねてきたのだから。

何も言うことができず、口をぱくぱくさせている俺から一旦《いったん》視線をはずして、一颯は部屋の中にいる沙優に声をかけた。

「いつまでもこのままでいられないのは分かってただろう。勢いだけで行動するのはいい加減やめにして、帰ってこないか」

一颯の言葉に、沙優は数秒沈黙《ちんもく》した後、瞳《ひとみ》を揺《ゆ》らしながら、それでも首を横に振《ふ》った。

「……嫌《いや》」

言ってから、沙優は一颯をじっと見て、もう一度言った。

「まだ帰る覚悟《かくご》が……できてない」

「いつまでそんな子供のようなことを言っているんだッ!!」

沙優の言葉に被《かぶ》さるように、目の前の一颯が叫《さけ》んだ。沙優の肩がびくりと跳《は》ねる。

「自分で自分の生計も立てられないくせに何が家出だ！　僕との連絡《れんらく》も勝手に絶って、今までちゃらんぽらんにこんなところまで流れて来たんだろう！　その間にろくでもないヤツに匿《かくま》われたらどうするつもりなんだ？」

「それは……吉田《よしだ》さんはいい人だから」

「沙優、大人は子供と違《ちが》っていくらでも『いい人』のフリができるんだぞ。いい顔をして心の中ではどんなに凶悪《きょうあく》なことを考えているか分かったものでは……」

「吉田さんはそんな人じゃない!!」

一颯の言葉を遮《さえぎ》って、沙優が叫んだ。今度は一颯の肩が跳ねる。俺も初めて沙優が怒《ど》鳴《な》っているところを見て、自然と目が丸くなった。

「私に文句を言うのに吉田さんを利用しないで」

きっぱりと言い放ってから、沙優は自分自身の発言に驚《おどろ》いたようにハッとして、不自然に視線を床《ゆか》に落とした。

口をぽかんと開けていた一颯も数秒経《た》ってから言いたいことを思い出したように、再び口を開く。

「……確かに、よく知らない人のことを悪く言ったのは良くなかった。すみませんでした」

「はぁ……いや、別に」

急に頭を下げられて、俺は曖昧《あいまい》な返事をしてしまう。

筋は通した、というようにすぐに俺から沙優の方に視線を移して、一颯は言葉を続けた。

「とはいえ、沙優がどう思っていようと、これ以上家出を続けるのは難しい」

その言葉から沙優は何かを察したように、不安げに顔を上げて、一颯を見た。

沙優と目を合わせたまま、一颯はゆっくりと言った。

「……母さんが、沙優を心配している」

それを聞いた途端《とたん》に、俺にも明らかに分かるほどに、沙優の瞳の温度が下がった。ちらりと一颯の横顔を盗《ぬす》み見ると、何故《なぜ》か彼も緊張《きんちょう》したような表情をしている。

「……それは、嘘《うそ》」

驚くほど冷たい声色《こわいろ》で、沙優が言った。

「お母さんが私のこと心配してるわけないじゃん」

そう言う沙優の瞳は、この家に転がりこんできたばかりの沙優と重なるところがあって、胸がずきりと痛んだ。

一颯は少しの間、言葉を慎重《しんちょう》に選ぶように視線を低い位置で行ったり来たりさせた後に、ゆっくりと言った。

「……少なくとも、沙優のことを、探している。気にかけてる」

「どうして？」

反射的な沙優の問いに、俺は余計に悲しい気持ちになった。

親が家出をした子供を気にかける、ということに対して、子供から「どうして？」という問いが出る。それだけで、沙優が今まで一般《いっぱん》的に思い描《えが》かれるような親子関係を送ってこなかったことが手に取るように分かってしまう。

「お母さんが私のこと探す理由なんてないじゃん」

「それは……」

一颯が明らかに言い淀《よど》む。

数秒間の沈黙の間に、俺はようやく緊張が少しだけやわらいできて、俺も一颯も玄関《げんかん》で立ちっぱなしであったことに気が付く。

「あの、遮るようで悪いんすけど」

俺が言うと、一颯と沙優の視線が俺に集まった。

「……上がって話しません？」

俺の言葉に、一颯は少し考えた後に、

「……お言葉に甘えて」

と、答えた。

＊

俺は沙優に「お茶でも淹《い》れてやって」と言ってから、携帯《けいたい》を持ってベランダに出た。

ベランダに出ようとする直前に、テーブル前に居心地《いごこち》悪そうに座っていた一颯から「どなたにご連絡を？」と声をかけられたが、「会社ですよ。さすがにこれは休まないとゆっくり話もできないでしょ」と返すと、一颯はバツが悪そうに、「そうですか……そうですね」と言ってから、「お手数をおかけします」と付け加えた。

なんとなく、この人も、悪い人ではないのだろうなという気持ちになってくる。

会社に、具合が悪いので休むと連絡を入れると、てっきり苦言を呈《てい》されるかと思っていたが、「お前が体調不良なんて珍《めずら》しいな！　しっかり休んで早く出てきてくれよ」と言われるだけで済んでしまった。

入社してから初めての仮病《けびょう》をあっさりと済ませてしまい、不思議な気分になる。

きっと沙優が来る前であれば、仮病などを使った日には自分のことを絶対に許せなかっただろうと思う。しかし、今の俺は軽々と、仕事よりも沙優の方を優先してしまった。

ぼんやりと、父の言葉を思い出す。

『正しくあろうとすることだ』

そんなことばかりを言う父に育てられて、俺はいつも自分の行動が『正しい』かどうかを考え続けた。今も、考え続けている。

少し前の俺であれば、どんな理由であっても仮病を使って会社を休むことなどなかっただろう。しかし、今は沙優のために時間を使うのが正しいことだと信じて疑っていない自分がいる。

沙優を家に置くことを決めた時。

俺は明らかにそれを『間違っている』と感じながら、しかしその思いを無視するようにして、彼女を匿った。

しかし、沙優と生活を共にすればするほど、何が『正しい』ことなのか分からなくなった。

明らかに過去に何か大きな傷を抱《かか》えた彼女を、その傷が癒える前に放《ほう》り出すことが正しいこととはどうしても思えない。かといって、自分の家にずるずると置いておくことが正しいとも、とうてい思えなかった。

ようやく沙優が自分で、曖昧ながらも同居の『期限』を設けたことに喜びを感じたが、それと同じくらいに葛藤《かっとう》が生まれた。

どうすれば沙優の「にへら」という自然な笑顔《えがお》を守ってやれるのか、それだけを考えようとしても、答えは薄《うす》い靄《もや》の中に隠《かく》れてゆくように、どんどんと分からなくなった。

分からない分からない、と思っているところに、ついに明確なタイムリミットが訪《おとず》れた。

時間が無くなった今、俺は、沙優にとっての『正しい』ことを手助けしてやれるのだろうか。

それだけが、俺の考えるべきことだと思った。

2話　兄

「ひとまず、今まで沙優《さゆ》を預かってくださりありがとうございました」

沙優の淹れた緑茶を数口飲んで落ち着いてから、一颯《いっさ》が仕切りなおすように俺に言った。

「いや……お礼を言われるようなことではない……と思いますけど」

「いえ、どんな劣悪《れつあく》な環境《かんきょう》に身を置いているのかと心配しながら様子を見に来たので。見たところ、ごく普通《ふつう》の家ですし、あなたも沙優から大変信頼《しんらい》されているようで」

若干棘《じゃっかんとげ》のある言い方を選択《せんたく》してはいるが、その言葉から本当に「安心した」という気持ちがにじみ出ていて、一颯が本気で沙優を心配しているということだけは伝わってきた。

兄にはしっかり大切にされているじゃないか、と、思った。

今までときどき沙優の発言から彼女の家庭環境の悪さを感じてはいたが、実際にそれがどれくらいのものなのかということについては一切触《いっさいふ》れずに来ていた。

なので、「少なくとも兄は沙優の味方なのだ」ということが分かって、今は少しだけ安心している。

「再確認《さいかくにん》ですが……」

一颯は少し言いづらそうに数秒の間を持たせた後に、俺と沙優を交互《こうご》に見て言った。

「二人の間に、やましい関係は何もないんですよね」

「ない」

「ないって言ったじゃん！」

俺はきっぱりと答え、沙優は顔を赤くしながら憤《いきどお》ったように答えた。

数分前にも同じことを訊《き》かれ、同じような反応で返事をしたばかりだった。

しかしこればかりは血縁者《けつえんしゃ》としては本当に大切なことだと思うし、何度訊かれても仕方のないことだろう。

俺の家に転がりこむ前はそういったことをしていたのだ、ということはさすがに言えないな、と思った。

「家事だけやらせてこれだけ長く女子高生を匿うなんて正気の沙汰《さた》ではないと思いますが……これに関しては、本当に助かりました」

「当然のことだと……思ってます。俺は」

俺が答えると、一颯は何とも言えない表情を浮《う》かべた後に、何度か首を縦に振《ふ》った。

「大人が皆《みな》、吉田《よしだ》さんのような人なら良いんですけどね……」

一颯の言葉に、どう答えていいか分からず俺はテーブルの上に視線を這《は》わせた。そのまま沙優の方にさりげなく視線をやると、沙優は先ほどまでよりは緊張がほぐれたようで、心なしか穏《おだ》やかな顔をしているように見えた。

少しの間、穏やかな沈黙《ちんもく》が流れた後に、一颯が口を開く。

「さて、本題だけども」

沙優と一颯の視線が絡《から》んだ。

「母さんが、沙優を連れ戻《もど》して来いと、直接僕に言ってきた」

「……そうなんだ」

沙優の表情が曇《くも》る。

「……でも、別に心配してるわけじゃないんでしょ」

「それは……」

「いいよ、気、遣《つか》わなくて。ほんとの理由教えて」

沙優が静かに、しかしいつものほんわかとした口調よりもはっきりと、そう言った。

一颯は本当に苦い虫を奥歯で噛《か》むような表情を浮かべた後に、ゆっくりと言った。

「ＰＴＡから、娘《むすめ》を監禁《かんきん》しているんじゃないかと疑われ始めてるらしい……」

一颯のその言葉に、部屋がしん、となった。沙優も俺も、何も言うことができない。

「沙優が出て行ってから、何度も担任教師が家に訪ねてきたらしい。まあ、それは当然だよな……母さんはおおごとになるのを嫌《いや》がって、沙優が家出をしたことを誰《だれ》にも言ってない。そうなると、外から見たら沙優はただの不登校だ」

一颯の言葉を、俺と沙優は黙《だま》って聞いている。「おおごとになるのを嫌がって」という言葉が、激しい違和感《いわかん》と共に胸に引っ掛《か》かる。

娘が家出をしたことに対して、娘の心配よりも先に気にするのは「おおごとになること」なのか？　沙優の発言から、親との関係が悪いのであろうことは想像していたが、思っていた以上に、俺には理解不能な感覚を持った親らしい。

一颯はテーブルに視線を落としながら、言葉を続けた。

「当然、担任教師は何度も家に訪ねてくるし、そのたびに母さんは『娘は部屋から出てこないので』と言って追い払《はら》った。それを半年以上もずっと続けたら……まあ、疑われるのもおかしくない。それで」

「その誤解を解くために必要だから、戻ってきてほしいってことね」

沙優はすっかり冷めきった声でそう言った。

一颯は何かを言いかけてやめるようにして、ぐっと息を呑《の》んだ。そして、静かに頷《うなず》く。

沙優は目を伏《ふ》せて、俺も思わず眉根《まゆね》を寄せてしまう。

未《いま》だに、どういった理由で沙優が家を出てきたのかについては、俺は詳《くわ》しいことを知らない。しかし、その中の大きな要因として、母親のことがあるのだろうということだけは分かった。

どうしてこんなに心根《こころね》のいい女の子が、親からそのような扱《あつか》いを受けているのか、俺には想像もつかない。想像もつかないだけに、やはり、怒《いか》りが湧《わ》いてきてしまう。

「どうして沙優が家出をしたのか、ってことは」

気づくと、口を開いていた。二人の視線が俺に集まる。

「母親は、何も考えてないってことなのか……？」

俺が言い切ると、一颯は数秒間、視線を床《ゆか》の上で彷徨《さまよ》わせた後に、小さく、何度か頷いた。

「……何も考えてない、とは言い切れないですが。しかし、深く考えているとも……思えないですね」

その答えに、俺は思わずため息を漏《も》らしてしまった。

「……沙優の家出の原因については、俺から詳しいことを訊いたことはなかったが」

母親がここまで娘を心配していないとなると、沙優の家出の原因の多くが母親にあるのであろうということは察しがついてしまう。

「今の話でなんとなく、分かったよ」

俺の言葉に、一颯もため息を漏らしてから、「お恥《は》ずかしい限りです」と答えた。

またもや室内に沈黙が訪れ、俺もなんとも言えない残念な気持ちが胸の中に渦巻《うずま》いているのを感じながら俯《うつむ》いていると、ふと、沙優の方から視線を感じた。

顔を上げると、やはり沙優はこちらを見ていて、視線が絡む。

「どうした？」

訊くと、沙優は少しの間を空けてから、困ったような笑みを浮かべて、頭を下げた。

「ごめんね、驚《おどろ》いたよね……急に、こんな」

沙優のその言葉に、俺は急に、怒りのようなものがこみ上げるのを感じた。

しかし、その怒りが、どこに対して向いているものなのか、そして、どういう怒りなのかが分からず、俺はぐっとそれを胸の奥に押しとどめるようにして、深く息を吸った。

「驚いてるのは……お前も一緒《いっしょ》だろ」

なんとか、言葉を絞《しぼ》り出す。

「多分……俺もお前も、心のどっかで、お前が帰るのはお前の覚悟《かくご》ができてからで、全部がお前次第《しだい》だと思ってた」

「……うん」

「ただ、そうもいかないらしいってことが分かっただけだ」

できるだけ状況《じょうきょう》をシンプルに言い換《か》えてみる。しかし、シンプルに整理すればするほど、「ままならない」という感想しか出てこなかった。

沙優も、一度頷いたきり、俯いて黙ってしまっている。

「沙優は……」

俺は一颯の方に視線を向ける。

「沙優は……どうしても、帰らないといけないんですか？」

俺が訊くと、一颯は困ったように眉間《みけん》に皺《しわ》を寄せて、首を静かに縦に振った。

「母は言い出すと止まりません。どうあっても、このままどこかに逃《に》げ続けるのは、難しいと思います」

「数日の猶予《ゆうよ》をもらうことはできませんか」

「数日……？」

俺の言葉に、一颯が首を傾《かし》げた。

じっと一颯の目を見て、続ける。

「沙優は頑張《がんば》って家に帰る覚悟を決めようとしてました。でも、まだ少し時間が足りないように見える。今日の今日で、そういうことなら仕方ないので帰ります、と腹を括《くく》れるんなら、そもそもこんなところまで逃げてくることもなかったと思います」

俺の言葉を、一颯は黙って聞いていた。

「だから、数日だけでもいいので、沙優に猶予を与《あた》えてやってくれませんか。じっくり考える時間が……必要だと思います」

俺が言い終えると、一颯は数秒間、俺の目をじっと見てから、すっと視線を逸《そ》らして、考え込むようにした。

そして、ゆっくりと口を開く。

「少し、沙優と二人で話をさせてくれませんか。このまま急に連れ帰ったりはしないと約束します」

一颯の表情は真剣《しんけん》そのもので、俺を騙《だま》そうとしているようには見えない。そもそものところ、ここは俺の家ではあるが、いま論じているのは沙優のことであって、沙優をどう扱うかということについては明らかに一颯の方に決定権があるように思える。その状態で俺に「このまま急に連れ帰ったりはしない」とわざわざ誓《ちか》いを立てるというのは、最大限俺に対しても沙優に対しても敬意を払ってくれているということだろう。

「……分かりました」

特にそれを拒《こば》む理由も思い当たらず、俺は首を縦に振った。

一颯は少しほっとしたように表情を緩《ゆる》めてから、沙優の方に視線をやった。

「沙優も、いいか」

「……うん」

沙優は神妙《しんみょう》な顔で頷いて、ゆっくりと立ち上がった。そして、すぐに自分が部屋着のままだったことに気が付いたようで、戸惑《とまど》ったように視線をきょろきょろと動かしてから、

「着替《きが》えてからでいい？」と訊いた。

一颯は苦笑《くしょう》交じりに頷いて、「先に車に行ってるぞ」と言い、俺に会釈《えしゃく》を一つしてから家を出て行った。

部屋の中で沙優と二人きりになり、再び沈黙が立ち込めた。

「……き、着替えるね」

沙優がぎこちなくそう言ったので、俺も「お、おう」とぎこちなく返す。

ベッドの上に座り、壁《かべ》の方を向いていると、沙優は手早く着替えを始めた。衣擦《きぬず》れの音を聞きながら、俺はなんとも言えないそわそわとした気分になった。

沙優が家に帰る。

それは本来の、俺と沙優の、共通の目標であったはずで。

しかし、いざ目の前にその期限がやってくると、どうしていいのか分からなくなった。

沙優は……沙優は、どう思っているのだろうか。

「吉田さん」

沙優のことを考えるのと同時に、沙優から声をかけられて、思わず肩《かた》が跳《は》ねる。

「どうした？」

振り返ろうとするのと同時に、背中が急に温かくなった。そして、視界の両側から、沙優の腕《うで》がにゅっと生えてきて、俺の両肩に絡みついた。すぐに、後ろから抱《だ》き着かれたのだとわかる。

「ど……どうした……」

沙優の急な行動に驚いていると、頭のすぐ後ろから、沙優の声がした。

「……ちょっと、こわいなぁ、って……思って」

沙優の言葉を聞いて、俺はなんと答えたらよいか困ってしまう。

「覚悟、決めなきゃねって、思ってたんだけど……いざこういう場面が急にやってくると……やっぱり足踏《あしぶ》みしちゃう」

沙優は俺の首元に自分の頭を押し付けながら、小さな声で言った。

「私はやっぱり……弱いんだなって、思った」

沙優のその言葉に、俺は身震《みぶる》いをして、反射的に、自分の肩に回っている沙優の手を握《にぎ》った。

「大丈夫《だいじょうぶ》だ」

俺は何かを考えるよりも先にそう言っていた。

「俺も……今、すごく」

自分の声が震えるのを感じる。ただ、これだけは今伝えるべきなのだと思った。

「……こわいと思ってる」

俺が言うと、沙優の身体《からだ》がぴくりと動くのを感じた。

ゆっくりと振《ふ》り向くと、すぐ近くで沙優と目が合った。

「こわいのは一緒だ。……だから大丈夫」

沙優は数秒の間ぽーっとしたような表情で俺を見つめた後、はっとしたように目を丸くした。

すっと、沙優が俺から離《はな》れる。それから、制服のスカートのプリーツをピンと引っ張りながら、なんとも言えない柔和《にゅうわ》な笑《え》みを浮《う》かべた。

「吉田さんって、ほんとに」

沙優はそこで言葉を切って一呼吸おいてから、ゆっくりと言った。

「一緒にいると安心するね」

そして、今度は先ほどよりも力強く、俺に見せるようにニッと笑う沙優。

「ありがとう。行ってくるね」

「……おう、行ってこい」

明らかに強がっているのが分かる笑顔だったが、それでも、さきほどまでの迷いは消えたように見えた。

靴《くつ》を履《は》いて家を出て行く沙優を見送って、俺は深く息を吐《は》いた。

沙優と、その兄がどうするのかは、二人で十分に相談して決めるだろう。

あとは……俺が、どうするかだ。

顔をぱちんと叩《たた》いて、洗面所に向かう。冷たい水で顔を洗ってから、俺は髭剃《ひげそ》り機を手に取って、そのスイッチを入れた。

＊

「あの人は……本気でお前を心配してくれてるんだな」

運転席に座った兄さんがそう言った。

「うん」

私が頷《うなず》くと、兄さんは小さくため息をついてから、「良かった」と漏《も》らした。

「どんな人間の家に泊《と》まり込んでいるのかと気が気じゃなかった。純粋《じゅんすい》な善意で他人の子供を匿《かくま》う大人なんてそうそういないからね。悪い大人の下《もと》に転がりこんで大変な目に遭《あ》ったりしていないかずっと心配してたんだ」

兄さんのその言葉に、少し胸が痛む。私は兄さんが危惧《きぐ》しているような、『悪い大人』の下を転々としてきたのだ。

兄さんが私のことを本気で心配してくれていることを知りながら、私は兄からの厚意《こうい》で受け取っていた家出用のお金を度重《たびかさ》なる宿泊《しゅくはく》で使い果たし、「金が尽《つ》きたなら戻《もど》って来い」という兄の言葉に反抗《はんこう》して、そのまま連絡《れんらく》を絶ち、逃亡《とうぼう》した。その結果、私は一度きりの初体験と共に、まともな倫理《りんり》観も失いかけていた。

吉田さんの家を調べ上げたくらいだから、私がどういう経路でこんなところまでやってきたのかも調べているかもしれないと思い、ちらりと兄さんの横顔を覗《のぞ》き見るけれど、兄さんはじっとハンドルのあたりを眺《なが》めているばかりで、何か言いたげな表情を浮かべているようなこともなかった。

兄さんが私の旅の詳細《しょうさい》を知っているとしても、知らないとしても……とうてい、今、兄さんにそれを言うことはできないなぁ、と思った。

静かな車内に、少しの間、沈黙《ちんもく》が漂《ただよ》って。

「……最近、ほぼ毎日母さんから電話がかかってくる。沙優が見つかったかどうか、毎日、訊《き》いてくる」

「……そうなんだね」

「……お前の言う通り、母さんは別にお前を心配してるわけじゃないんだと思う……多分な。ただ……」

「分かってる。分かってるよ……ヒステリー起こしちゃうもんね」

私が言うと、兄さんは苦い表情を浮かべて、無言で首を縦に振った。

「〝あのこと〟があってからの母さんは本当に不安定になってしまった。沙優が家を出て行ってからは……もっとひどい」

あのこと、という単語と、そして私がいなくなってからさらに母が不安定になったという事実の両方が、私の胸を締《し》め付けた。

別に、私がいなくなったことを心配して不安定になっているわけではないのは分かっている。それでも、自分のせいで家族がおかしなことになっていると聞かされて何も感じないほど薄情《はくじょう》でもなかった。

そうは言っても、やはりあのまま家に残っていられたかと訊かれれば、無理だ、と言わざるを得ないと思う。

正直、今でも、あの家に帰りたいとは思えない。〝あの思い出〟を背負ったまま、あの家で、誰《だれ》にも助けてもらえないまま生きてゆけるほど、私の心は強くなかった。

吉田さんのような人が、近くにいてくれれば……。

そんなことを思って、すぐに自分が情けなくなる。

家に帰るための覚悟《かくご》を決める、と吉田さんに宣言して頑張《がんば》ってきたのではなかったのか。兄さんがやってきて、どう足掻《あが》いてもこれからあの家に帰らなければならなくなってしまった。そんな状況《じょうきょう》になってもなお、私は自分以外の誰かに甘えようとしてしまっている。

「僕も最大限、できるサポートはさせてもらうよ。だから、一度、帰った方がいい」

兄さんが私の目をじっと見て言った。

「つらいのは分かる、分かるんだ……でも、いつまでも逃《に》げているわけにはいかない。現実に戻って、じっくりと身体を慣れさせる時間が必要だよ」

兄さんの言葉は切実で、これを私に言うのは本人もつらいのだということがひしひしと伝わってくる。本当に私のことを思って、厳しいことを言ってくれている。

それは、分かっているのだけれど……。

「ごめん……」

最初に口から洩《も》れた言葉はそれだった。

「まだ覚悟が決まってないんだ……。なんというか、私、最初はつらいから逃げ出しただけだった」

私の言葉を、兄さんは黙《だま》って聞いている。

「でも、逃げ出した先も、結局つらかった。本当の意味で私のことを守ってくれる人なんて全然いなくって、どこに行っても私は一人なんだなって思って。そして……吉田さんと出会った」

頭の中を整理せずに話し始めたのに、不思議なことに、どんどんと胸の中から言葉が湧《わ》いてきた。自分でも驚《おどろ》くほどに、自分の心中がはっきりと言葉になって、体外に放たれてゆく。

「吉田さんは私が本当に馬鹿《ばか》で、どんなに大事なものを失いながらここに来たか教えてくれた。それで私……私がどうあるべきなのか、私自身がちゃんと考えなきゃいけないって……思うようになった」

私の言葉に、兄さんが息を吞《の》む音が聞こえた。兄さんは私の言葉をどういう気持ちで聞いているんだろう。

「なんというか……私はこんなところまでやってきて、何を得て帰るんだろうって。そういうことを……ここ数週間、考えてたの。その答えが分かるまで……」

私は一度言葉を切って、兄さんの方を見た。兄さんと、しっかりと目が合う。

「……帰りたくない」

私がはっきりと言葉にすると、兄さんは明らかに動揺《どうよう》した様子で私から目を逸《そ》らした。

「そうか……」

兄さんは小さな声で呟《つぶや》いてから、首の後ろをぽりぽりと掻《か》いて、ハンドルに手を置いた。そのまま、どこか落ち着かない様子で、ハンドルの上に置いた手の指で、ハンドルをとんとんと叩く。

兄さんは呟くように、言った。

「お前も少し……変わったな」

「え？」

私が聞き返すと、兄さんは苦笑《くしょう》を浮かべてから、さっきまでよりも少し優《やさ》しい声音《こわね》で、

「前よりも、はっきり物を言うようになった」

と答えた。

そう言った兄さんの表情は嬉《うれ》しそうで、私も何故《なぜ》かこそばゆい気持ちになった。

「うん……そうかも」

私が頷くと、兄さんはもう一度鼻から息を吐くようにして笑った。そしてすぐに、スッと真面目《まじめ》な表情に戻る。

「お前の気持ちは分かったよ。でも、やっぱりあまり猶予《ゆうよ》はないと思ってほしい。僕が稼《かせ》げる時間はせいぜい一週間だ」

兄さんの言葉に私は驚いて、彼の横顔をじっと見つめた。

兄さんも視線だけこちらに寄越《よこ》して来て、目が合う。

「一週間くらいなら、『まだ見つけられてない』で誤魔化《ごまか》せる。でもそれ以上はダメだ。僕が本気で捜索《そうさく》して、そんなに時間がかかるわけがないことは母さんだって分かる」

「それって……」

私が兄さんの横顔をじっと見つめると、彼はスンと鼻を鳴らしてから、こっちを見ずに言う。

「一週間じっくり考えたらいいってことだよ。あの……吉田という人も、まあ、信用できることは分かった」

少し照れたようにそう言う兄さんを見ながら、私は胸の中からあふれ出る熱い気持ちがこらえられなくなって、兄さんに飛びつくようにして身体をぶつけた。

「ありがとう！」

「うわ！　危ないだろ！」

久しぶりに触《ふ》れた兄さんは、やっぱり前と同じ香水《こうすい》の匂《にお》いがしたけれど、とても温かかった。

ちょっとだけ涙《なみだ》が出そうになって、我慢《がまん》した。

＊

「ただいま」

帰ってきた沙優の表情はどこか穏《おだ》やかだった。

「おかえり」

俺が答えると、沙優は少し嬉しそうに笑ってから、居間までおずおずと歩いてくる。そして少しぎこちなく、カーペットの上にすとんと座った。

「もう少しだけ……ここにいられることになったよ」

「そうか……どれくらいだ？」

「一週間……だってさ」

「そうか……」

一週間。

沙優の兄が急に現れた時は、このますぐに沙優が連れ戻されてしまうかもしれないという焦《あせ》りで頭がいっぱいになったが、思った以上に沙優の兄は沙優のことを第一に考えてくれていたようだった。

こんなことを俺が考えること自体がおこがましいことのようにも思うが、とても、安心した。

「じゃあ……あと一週間、お前なりに頑張らないとな」

俺が言うと、沙優はゆっくりと頭を縦に振《ふ》った。

「うん……ちゃんと、考えるべきこと、じっくり考える」

「それがいい」

そこで会話は終了《しゅうりょう》して、しばらくの間沈黙が続く。

しかし、どうも沙優の様子が変だった。何か言いたげにこちらに視線をやってから、すぐに目を伏《ふ》せてしまう。それを何度も繰《く》り返している。

「なんだ？」

見かねて俺が声をかけると、沙優が肩《かた》をびくりと震《ふる》わせた。

「いや、その……」

「うん？」

沙優は何度か口を閉じたり開いたりしてから、意を決したように言った。

「……訊かないのかなって」

「なにを？」

「……私の、過去のこと」

沙優のその言葉に、俺はゆっくりと息を吸って、そして吐《は》いた。

それは、今までずっと意識的に、訊かないようにしていたことだった。

「……聞いてほしいのか？」

俺がゆっくりとそう訊《たず》ねると、沙優は唾《つば》を飲み込んでから、頷《うなず》いた。

「聞いてほしい。私の……今までのこと」

全身に緊張《きんちょう》が走って、そしてそれがゆっくりとほぐれていくような感覚があった。

ようやく、沙優の方から言い出してくれた。それが……本当に嬉しかった。

「分かった、聞くよ。……聞かせてくれ」

なるべく自然な受け答えをしようと思ったというのに、気付けば少し声が震えていた。

声の震えに気付かれていまいかと、下げていた視線を上げて沙優を見ると、沙優はいたずらっぽい視線を俺に送りながらにやりと笑って見せた。しっかり、聞かれていたらしい。

「すまん……俺もちょっと緊張してる」

隠《かく》したところで仕方ないと思い返し、素直《すなお》にそう言うと、沙優もこくこくと首を縦に振った。

「大丈夫《だいじょうぶ》。私も緊張してるから」

沙優はそう言って、俺の隣《となり》に座りなおした。

「じゃあ……話す――」

話すね、と言おうとしたであろう沙優の言葉を遮《さえぎ》って、またもやインターホンが鳴った。

「誰だよ今度は……」

「また兄さんかな」

玄関《げんかん》側に座っていた沙優が立ち上がろうとするが、俺はそれを制止して玄関に向かう。

そう何度も不都合な来客があるとも思えないが、やはり配達を頼《たの》んだ覚えもないのにインターホンが何度も鳴るというのは、一人であっても不審《ふしん》に思う状況だった。

ドアの鍵《かぎ》を開け、ゆっくりと開ける。

「おはよ！　お邪魔《じゃま》しまんじ～……って吉田っちじゃん。なんで家にいんの」

「なんだあさみか……」

「なんだってなんだし。今日仕事休みなん？」

「休んだんだよ」

「へ～、なんで？」

「それは……」

後方の沙優に視線をやると、沙優はドアの間から覗《のぞ》いているあさみに手を振っていた。

勝手に事情を説明していいのか迷い、俺はあさみの方に向き直る。

「まあちょっと事情があってな……今から沙優と大事な話をするから、悪いんだけど――」

――」

目をぱちくりとさせているあさみを、俺が申し訳ないと思いつつも追い返そうとすると、部屋から沙優が歩いてきて、俺の肩を叩《たた》いた。

「うん？」

「大丈夫。あさみにも上がってもらお」

「え……いいのか」

「うん……あさみには聞いてほしい」

沙優の言葉に、あさみは俺と沙優を交互《こうご》に見てから首をかしげる。

「なに、どゆこと？」

「……まあ、詳《くわ》しいことは上がってから話すよ」

沙優が良いと言うのであれば、俺が止める理由もない。

状況《じょうきょう》は掴《つか》めていないものの、明らかに様子がいつもと違《ちが》うことだけは察しているあさみは、おずおずと玄関《げんかん》の中に入って、靴《くつ》を脱《ぬ》いだ。

居間に戻《もど》り、沙優と、俺と、あさみが、絶妙《ぜつみょう》な距離《きょり》で座りなおす。

俺はひとまずあさみに状況を説明したほうが良いだろうと思い、沙優に確認《かくにん》を取ったうえで、今日起こったことをあさみに話した。

あさみは最初は驚《おどろ》いたような表情をしたものの、途中《とちゅう》からは終始落ち着いた表情で俺の話を聞いていた。

「なるほどね……じゃあ、まあ」

あさみは言葉を選ぶように視線を細かく揺《ゆ》らしてから、ゆっくりと言った。

「あと一週間で、沙優チャソは帰っちゃうってわけね」

「……うん」

沙優が神妙《しんみょう》に頷くのを見て、あさみはすう、と大きく息を吸い込んで、ベッドに後ろ向きで倒《たお》れこんだ。

「そっかぁ、寂《さび》しくなるなぁ！」

あさみは明るい口調でそう言って、両足を交互にぱたぱたと動かした。

こういった状況でも深刻な表情を見せず、むしろ明るく振《ふ》る舞《ま》ってくれるのは本当にあさみの大人な部分だと思う。

ガバッとベッドから起き上がったあさみは、沙優をじっと見て、言った。

「……でも、友達が過去と向き合おうってんだから、応援《おうえん》しなきゃ嘘《うそ》じゃんね」

あさみのその言葉に沙優は一瞬《いっしゅん》息を詰《つ》まらせた後に、少し鼻声になりながら、「うん」と頷いた。

俺は二人の様子を見ながら、なんだかんだであさみが来てくれてよかったのではないかと思った。

あまり気の利《き》かない俺だけで沙優の話を聞いていたら、上手に相槌《あいづち》も打てず、どんどんと空気を重くしただけかもしれない。

あさみの荷物をちらりと見やると、参考書のぎっしり入った肩掛《かたか》けバッグを持ってきていた。沙優と一緒《いっしょ》に勉強をするためにここに来たのだろうが、偶然《ぐうぜん》とはいえ、このタイミングで来てくれて助かった。……結果的に勉強ができなくなってしまったのは、申し訳ないが。

「……ウチは聞く準備、できてるよ」

あさみがおもむろに言うと、再び部屋の中の雰囲気《ふんいき》が引き締《し》まった。

「俺も……大丈夫だ」

俺も続いて頷く。

沙優は静かに息を吸って、そしてゆっくりと吐いた。

「……うん。じゃあ……話すね。昔のこと」

スッ……と、沙優の纏《まと》う雰囲気が変わったのを感じた。

彼女の表情は穏やかだったが、どこか重苦しいオーラが背中に纏わりついているような錯覚《さっかく》をしてしまう。

「高校二年生の時……私は独りだった」

沙優はゆっくりと、語りだした。

3話 教室

高校生になった私が一番初めに感じたのは「息苦しさ」だった。

教室の中には常に律動するエネルギーが満ち溢《あふ》れていて、無限に見えて有限なエネルギーをクラスメイトの数で分配している。その配分をどれだけ自分が多く持つか、全員で必死になって奪《うば》い合っているような気持ちになった。

昔から、頑張《がんば》るのは苦手だった。

お母さんは私のことが好きでないから、私がいくら頑張って何か結果を残したところで、兄さんのことばかりを褒《ほ》めて、私のことはまったく褒めてくれない。一番身近な『家族』に褒めてもらえない環境《かんきょう》では、必要以上に頑張る理由など見つからなかった。

小学校も、中学校も、それなりの努力をして、それなりの成績を収めて、高校もそれなりの学校に入った。

そして、高校生になったその時、自分と、それ以外のクラスメイトの『輝《かがや》き』の差に気が付いてしまった。

私はどうでもよかった。クラスでの自分の立ち位置とか、誰《だれ》かに好かれるとか、嫌《きら》われるとか、そういったもので一喜一憂《いっきいちゆう》する楽しさを失っていた。

私は彼らとは決定的に何かが違うのだと、気付いてしまってからは……当然、その中で楽しく人付き合いをしていく気力が湧《わ》くはずもなかった。

一年生の間は、友達らしい友達はできることもなく、かといって誰かから嫌われるわけでもないポジションに落ち着いていた。そのことに不満はないどころか、他《ほか》の生徒たちのキラキラした人間関係に入っていくよりはずっと良いと思えた。

来年も再来年も、このポジションを死守して楽に過ごそう、と思いながら一年を終えた私だったけれど、そう上手《うま》くはいかなかった。

二年生の春ごろ、私はとある男子から告白を受けた。

その男子は、一年の頃《ころ》からまともに人付き合いをせずぼんやりと過ごしていた私でも名前を憶《おぼ》えているほどの人気者だった。バスケットボール部に入っていて、一年生の頃からスタメン入りをして女子の間で話題になっていたのを覚えている。

そんな人気者の男子から、何故《なぜ》か、私は告白されたのだった。

「一年の頃からずっと好きだった」

と言われて、私は驚きを隠せない。

あんなにクラスの端《はし》にいた私に、明らかにクラスの中心にいた彼が注目していたなんて。

そして、そんな目線に私は気付いてすらいなかったんだ。

当時の私は、恋愛《れんあい》というものを完全に『面倒《めんどう》ごと』として考えていたところがあった。

恋愛関連の噂《うわさ》というのは一瞬で広まるので、自分が噂話の輪に参加していなくても、クラスメイトの女子が大きな声で話しているのを聞いているだけで誰と誰が付き合って、そして上手くいかなくて別れて、というような仔細《しさい》が分かった。

単純に噂話の的になるというだけならば、まあ大したことはないと思う。

ただ、女子というのは怖《こわ》いもので、『誰と誰が付き合っている』という話になってくると、加えて『その二人は釣《つ》り合っているか』という謎《なぞ》の評価もつけたがるものだ。

スクールカーストの上位にいる人間は、上位同士で付き合うと周囲は納得《なっとく》するし、それをよく思わない人間も現れにくい。

私からしてみれば誰と誰が付き合おうが、好き合っているのなら自由ではないかと思ったけれど、そんなに簡単な話ではなかったらしい。

そのあたりの諸々《もろもろ》の事情を考慮《こうりょ》した当時の私の結論はこうだった。

「……ごめんなさい、恋愛とかよくわからなくて」

私は当たり障《さわ》りのない言葉を選んで、その告白を断った。

教室の端にいるような私と、明らかにスクールカーストの上位にいるような彼とがお付き合いをするのはどう考えても不要な反響《はんきょう》を生みそうだと思ったから。

それに、その頃の私は本当に、恋愛という感覚がいまいち分かっていなかった。

その二つの理由でバスケ部の彼の告白を断った私は、その後、自分の迂闊《うかつ》さをこれでもかと思い知ることになったんだ。

「斎藤《さいとう》のこと、悠月《ゆづき》ちゃんが好きなの知ってたよね？」

斎藤、というのは私に告白してきた男子のこと。悠月ちゃん、というのは私と同じクラスの女子生徒だ。

斎藤くんからの告白を断った数日後、私は悠月ちゃんと、そして彼女と仲の良い二人の女子生徒にひとけのない踊《おど》り場に呼び出されていた。

悠月ちゃんは常にクラスの中心にいるような、キラキラとした世界の住人だった。ルックスが良く、スポーツもできるため男子からも大変人気がある。こちらも一年生の頃から同じクラスだったため、数か月にいっぺんは「また悠月ちゃんが誰々《だれだれ》から告白されてるよ」というような噂を聞いたものだ。

その悠月ちゃんが、斎藤くんのことが好きだったのだという。

知ってたよね？　と言われても、正直「知らなかった」と答えるしかないので、私はそのままそう答えた。

しかしその回答が、悠月ちゃんは気に食わなかったようだった。

「ふーん……知らなかったんだ」

「うん……」

どうも悠月ちゃんは私がその男子に告白されたということが気に食わないらしいと思った私は、即座《そくざ》にその告白の顛末《てんまつ》を話すことにした。

「でも、断ったよ、私」

私が言うと、悠月ちゃんはすぐに私を睨《にら》みながら一蹴《いっしゅう》した。

「知ってるよそれは」

「じゃ、じゃあなんで……」

なんで私は呼び出されたのだろうか、と思った。

彼女は斎藤くんのことが好きで、そうであるならば、私が告白を断ったというのはむしろ好都合なのではないだろうか。

そんな風に考えていた私に、悠月ちゃんはきっぱりと言い放った。

「あんたが斎藤からの告白を断るなんて、おこがましいって言ってんの」

その言葉を聞いて私がぽかんとしているうちに、授業の予鈴《よれい》が鳴り、三人は言いたいことを言うだけ言って、退散していった。

私は彼女に言われた意味を理解するのに数日を要したけれど、理解が追い付いたころには、私はクラスで完全に孤立《こりつ》していた。

元から友達がいたわけじゃない。

けれど、明らかに、『意図的に孤立させられた』と感じるほどに、私に寄りつく人がいなくなった。露骨《ろこつ》な形で、私はクラスメイトから避《さ》けられるようになった。

どういう噂が流されたのかは分からない。ただ、確実に『私が悪いことをした』というニュアンスの噂が流れているのは、私に刺《さ》さるクラスメイトからの視線で明白に分かった。

元からの友達もいない私に、その噂の仔細を教えてくれる相手など、いるはずもなく。

私は数か月、孤独《こどく》な学校生活を送った。

とは、いえ。

正直なところ、これがつらかったかと問われると、そうでもなかった。

今まで自分で選んで独りになっていたという状況《じょうきょう》が、自分で選ばずともそうなった、というだけだ。

ドラマや漫画《まんが》などで見るような、所持品を隠《かく》されたり、暴力を振《ふ》るわれるようないじめに発展することもない。ただ私はクラスという輪の中で、徹底的《てってい》に無視されるようになっただけ。

状況が変わってすぐの頃は、面倒なことになったなぁ、と少しだけ考えはしたものの、一週間ほど経《た》った頃にはもうどうでも良くなっていた。

成績が良ければ、お母さんに学校のことについて根掘《ねほ》り葉掘り訊《き》かれることもない。特に、何も困らない。

そんなことを考えながら漫然《まんぜん》と毎日を過ごしていた私の前に、あの子は現れた。

4話
友達

「どうしてそんなにかっこいいの？」

夏休みも近づいて、屋上で昼食をとるにはだいぶ暑苦しいなと思っていたある日。

急に屋上にやってきて、私に話しかけたのは、真坂結子《まさかゆうこ》という女の子だった。

長い髪《かみ》を二つに結《ゆ》っておさげにして、野暮《やぼ》ったい黒縁《くろぶち》眼鏡をかけている彼女。

結子も、一年生の頃から二年連続で同じクラスであるということだけは覚えていたけれど、逆にそれ以外の印象は薄《うす》い。クラスの中で結子の存在感は限りなく薄く、誰々と仲良くしている、というイメージすら私は持っていなかった。

今思えばその印象は妥当《だとう》というか仕方のないことで、結子にも私と同じように、クラスの中に友達はいなかったんだ。そりゃ、誰かと仲の良いイメージなんてあるはずがない。

「ずっと見てたの、沙優《さゆ》ちゃんのこと」

「……ずっと？」

「そう、一年生の頃からずっと」

勝手に私の隣《となり》に座って、結子は言った。

「他のみんなは、誰かと一緒《いっしょ》じゃないと絶対にダメなんだ、って思ってるみたいに、いつだって誰かと仲良いフリして生きてるのに。沙優ちゃんは一人でも本当に平気そうだった」

キラキラとした目でそう語る結子の横顔を、私はぼんやりと眺《なが》めていた。

「クラスメイトに意地悪されて独りにされても、なんにも変わらなくって。むしろ、一人でいる方が輝《かがや》いて見えるような気がした」

早口で言ってから、結子は眼鏡の奥の丸い目で、私をじっと見た。そして、もう一度最初と同じ問いを投げてくる。

「どうしてそんなに……かっこいいの？」

「いや……どうして、って言われてもね」

一人でいることがかっこいい、だなんて自分では考えたことがなかったし、クラスメイトの一人からそんな風に見られていたなんてことも今までまったく知らなかった。

そして、学校で最低限のやりとり以外の会話をするのも大変久々のことで、私はどぎまぎしてしまう。

黙《だま》ってしまった私の制服の袖《そで》を、結子が引っ張った。

「あの……もしよかったら」

先ほどまでの勢いある話し方とは打って変わって、少し震《ふる》えた声で口を開いた結子。

落としていた視線を上げた私は、結子と目が合う。

「私と、友達になってくれませんか」

その声はどこか切実で、もはや愛の告白に近いのではないかと思うほどだった。私はその声色《こわいろ》と視線の熱量にどきりとして、数秒黙りこくってしまった後に。

「……いいけど」

と、なんとか答えたのだった。

＊

学生生活で初めてできた友達は、とても人懐《ひとなつ》っこかった。とりわけ、私には。

授業の間の小休憩《きゅうけい》になるたびに私の席にやってきては、とりとめのない話をした。昼休みは毎日一緒に屋上で昼食をとって、下校も毎日一緒だった。

独りでも大丈夫《だいじょうぶ》だと思っていた。いや、実際に、私は大丈夫だったんだ。独りであることにつらさを感じることなんて一度もなかった。

けれど、結子と一緒にいるようになって、私は誰《だれ》かと対等な立場で会話をすることの楽しさを知った。

「沙優ちゃん、横顔がかっこいいなってずっと思ってたんだけどさ」

　ある日の昼休みに、唐突《とうとつ》に結子が言った言葉を、私は忘れることはないと思う。

「笑ってる顔が一番素敵《すてき》だね」

　思えば、私はそれまで『笑う』ということがあまりなかったような気がしていた。幼児の時くらいの、いろいろなしがらみに気が付かずに無邪気《むじゃき》だった頃《ころ》は別だ。けれど、だんだんと自分の置かれている環境《かんきょう》に気が付いていくうちに、私から笑顔《えがお》は消えていった。

　父親とは会えないこと。

　母親に愛されていないこと。

　唯一《ゆいいつ》私を気にかけてくれる兄は、父親の会社の社長業を引き継《つ》ぐことで忙《いそが》しく、私にあまり時間を使えないこと。

　私がいくら努力をしても母親はそれを認めないこと。

　誰かと仲良くなっても、遊べないこと。

　つらい現実ばかりが積み重なって、私はどんどんと喜怒哀楽《きどあいらく》が薄くなってしまっていた。

　結子と過ごす日々の中で、私は少しずつ笑顔を取り戻《もど》していった。自分はこんな風に自然に笑えるんだな、と、嬉《うれ》しくなったりもした。

　高校生になっても、母親の私に課すルールは厳しく、学校が終わってから不必要に出歩くことは禁止されていたから、学校にいる間以外に結子と遊ぶことはできなかった。

けれど、学校へ行けば結子に会える。

彼女と会える学校生活が、楽しくて仕方がなかった。

……でも、そんな楽しい生活も、長くは続かなかった。

＊

最初に覚えた違和感《いわかん》は、私と結子に向けられる視線だった。

前から、避けられたり嘲笑《ちようしよう》されている空気は感じていた。それはそうだ、クラスに馴染《なじ》んでいる皆《みな》から見れば私と結子は『友達のいない者同士でつるんでいる』ようにしか見えないだろう。

そういった空気には慣れたつもりでいた。

ただ、ある時期を境に、それらの目線が、さらにじっとりとした、重苦しい湿《しめ》り気を帯びたものに変わったような気がした。これはあまりに感覚的なもので、実際にどう変化したのかは上手《うま》く言葉にできなかったけれど、私は確実にそれを感じていた。

次に気付いたのは、結子の様子がおかしいということだった。

休み時間に私のところに来る回数が、だんだんと減ってきていた。そして、ときどきやってきても、何かに怯《おび》えているようにきょろきょろと視線を動かしながら、私と話している。

何かがおかしい、と思った。

ある日の昼休み、屋上で私は結子に思い切って訊いてみた。嫌《いや》な予感がしていた。

「ねえ、結子。最近何か変じゃない？」

私が訊くと、結子は明らかに動揺《どうよう》した様子で視線をきょろきょろと動かした後に、首を横に振《ふ》った。

「ううん、何もないよ」

「嘘《うそ》。最近休み時間は話しかけに来てくれる回数減ったし、なんだか様子もおかしいよ。誰かに何かされてない？」

その問いを投げた頃には、私の中の違和感は、確信に変わりつつあった。

おそらく、結子は私の見えないところで、誰かから嫌がらせを受けているのではないか。それはきっと本人も気が滅入《めい》るようなもので、私と一緒にいること自体が、結子の負担になっているのではないか。

「……いや、その、ほんとに……沙優ちゃんが心配するようなことはなくって」

「ねえ」

結子の頬《ほお》を両側から手で挟《はさ》んで、こちらに向けさせる。私と目が合った結子は一瞬怯《いっしゅんおび》えたように目を逸《そ》らしたけれど、すぐに観念したように私とじっと目を合わせた。

「本当のことを教えて。ちゃんと聞くから」

私がゆっくりとそう言うと、結子は何度か口をぱくぱくと開けたり閉じたりとさせてから、急にその瞳《ひとみ》に涙《なみだ》をにじませた。

ブワッと溢《あふ》れ出てきた涙に私も戸惑《とまど》ってしまう。

「えっ、結子、泣いて、えっ」

「ごめ……泣きたいわけじゃなくって」

泣きたいわけじゃないのに涙が出る、というのはもっと重症《じゅうしょう》なのではないかと思いながら、慌《あわ》ててスカートのポケットからハンカチを取り出して結子に渡《わた》した。

結子の涙はなかなか止まらず、ついに声を上げて泣き出してしまった。

落ち着くまで結子の背中をさすっていると、結子はぽつりぽつりと、話し始めた。

案の定、結子は悠月《ゆづき》ちゃんのグループから嫌がらせを受けていた。

それも、私に対して行われたものよりも、もっとひどいもの。

お手洗いに行くたびにはっきりと聞こえるように悪口を言われたり、私と仲良くしていることを「金魚のフン」と言われたり、最近は教科書や文房具《ぶんぼうぐ》がなくなったりもしているらしい。

内容を聞く限りでは、小学生のいじめかと疑うほどに稚拙《ちせつ》なもので、私はひとまず暴力などを振るわれていないことに安心した。けれど、こういった嫌がらせが、結子の心の平《へい》穏《おん》をどれだけ蝕《むしば》んでいるのかは、私には想像することしかできない。泣き出すほどなのだ、つらくないはずはない。

「私沙優ちゃんみたいに強くないから、ちょっと嫌がらせされるだけですごく気が滅入っちゃって……こわくって」

「それは違《ちが》うよ。私はそんなあからさまな嫌がらせをされてないもん」

結子は少し、私に夢を見すぎていると思うことが多々あった。

私は結子が思っているほど強くない。結子は私が「孤高《ここう》の存在」であったように言うが、別に一人でいることに誇《ほこ》りを持っていたわけでも、「そうである方が素晴《すば》らしいと信じてそうした」わけでもない。ただ、独りでいることに抵抗《ていこう》がなかったというだけなのだから。

「どうして結子がそんなことされなきゃいけないんだろう……」

その点が不思議でしょうがなかった。

悠月ちゃんが憤《いきどお》りを覚えているのは私に対してのはずだ。だというのに、なぜ私ではなく結子が嫌がらせを受けるのか。

私が疑問を口にすると、結子は少し自嘲《じちょう》的に口角を上げてから、ゆっくりと息を吐《は》いた。そして、遠慮《えんりょ》がちな瞳で私を見る。

「沙優ちゃんは、多分本当に気付いてないんだと思うんだけど」

そう前置きをして、結子は言った。

「沙優ちゃんは本当に、お顔が綺麗《きれい》で、佇《たたず》まいもかっこいいんだよ」

「へ？」

「沙優ちゃんはどうあっても、『悪い人』に見えないの。どう印象を操作しても、『近寄りがたい人』にすることはできても、『みんなで叩《たた》くべき悪人』にはできないんだよ」

「まって、どういうこと」

結子は視線を地面に落としながら、どこかいつもより流暢《りゅうちょう》に言葉を続ける。

「その点私は地味だし顔も良くないし、『陰《いん》キャ』っていう便利な言葉で簡単に叩ける存在なの。そんなのが沙優ちゃんに常に引っ付いてたから、金魚のフンって言われて……でも、それって間違《まちが》ってなくて」

「そんなことない!!」

結子の言葉を、私が半ば絶叫《ぜっきょう》気味に遮《さえぎ》ると、結子は驚《おどろ》いたように目を見開いた。私も、自分が大声を出したこと自体に驚いてしまう。けれど、そんなことよりも結子に伝えなければならないことがあると思った。

「結子がそんなこと言われたり、されたりしなきゃいけない道理なんてないよ、納得《なっとく》しちゃダメだよ……」

言葉を絞《しぼ》り出しながら、視界がにじんでゆくのが分かった。

私は、悔《くや》しかった。

「結子は……私の初めての友達だもん……」

友達が、自分のせいで嫌がらせを受けていること。それを自分は今まで知らなくて、のうのうと過ごしていたこと。結子が、多数派の理不尽《りふじん》な理論に屈《くっ》しようとしていること。

すべてが、悔しかった。

生まれて初めて、悔し涙が出た。鼻水が垂れそうになって、慌ててポケットを探《さぐ》るも、そういえば私のハンカチは結子が持っているんだった。

涙も鼻水も出てぐしゃぐしゃになっている顔を結子に見られたくなくて顔を伏《ふ》せると、目の前に綺麗に折りたたまれたハンカチがスッと差し出された。結子のハンカチだった。

「使って」

「……うん」

私は結子のハンカチを借りて、顔を拭《ふ》いてから、お互《たが》いに自分のハンカチを相手に使わせている状況《じょうきょう》が急に面白《おもしろ》くなって、くすりと笑ってしまう。

それを見て、結子も笑った。

「やっぱりさ」

結子は落ち着いたトーンで、言った。

「沙優ちゃんは笑ってる方が可愛《かわい》い」

「……それは、結子も一緒《いっしょ》だよ」

「……うん、ありがとう、沙優ちゃん」

二人でお互いの頭を撫《な》で合って、私たちはようやく笑顔になれた。

「何か困ったことがあったら全部教えて。私は絶対に結子を裏切らないから……一緒に闘《たたか》おう」

「……うん！」

負けるものか、と思った。

私も協力して、なんとか結子の状況を変えてあげたい。もし状況がずっと変わらないとしても、必ず結子と二人で逃《に》げ切ってやろう、と。

そう決意した。

……けれど、その決意こそが、私の失敗だったのかもしれないと、今になっては思う。

いや、何が正しかったのかは今の私にも分からない。
でも、私はあの時確実に、『間違えて』しまったんだ。
それだけは、確実だった。

5話
屋上

ある日の昼休み、教室から屋上へ向かう途中《とちゅう》で、結子《ゆうこ》が「トイレに行ってくるから先に屋上に行ってて」と言った。

私は頷《うなず》いて先に屋上で待っていたのだけれど、20分ほど待っても結子が屋上に現れないので、さすがに心配になった。お腹《なか》の具合が悪いだけの可能性もあるけれど、直前までそんな様子はなかったことを考えると、また何か厄介《やっかい》なことに巻き込まれているのではないかと想像してしまう。

悪い予感に駆《か》り立てられて、私は結子と別れた場所の近くにあるトイレに向かった。結子の歩いて行った方角からして、一番近いトイレはそこしかなかった。

トイレに近づくと中から数人の声がしてくるのが分かった。嫌な予感がさらに強まる。

私が勢いよくトイレの扉《とびら》を開けると、洗面台の前で一人の女子と、そして数名の女子グループが向かい合っていた。

それは案の定の組み合わせで、一人の方が結子、そして、グループというのはいつもの悠月《ゆづき》ちゃんのグループだった。

勢いよく開いたドアに気を取られて、全員がこちらを見る。

悠月ちゃんは少し気まずそうに顔をしかめて、結子はなぜか、挙動不審《ふしん》に私から目を逸らした。

「……なにしてんの」

自分でも思った以上に低い声が出て、驚く。

私の声のトーンにたじろいだのかは分からないが、いつもの大きな声とは対照的に、悠月ちゃんは小さな声で答えた。

「別に……ちょっと話してただけだけど」

「三人で取り囲んで？　20分以上も？」

「何か悪い？」

一方的に問い詰《つ》められるのは彼女のプライドに障《さわ》ったようで、キッと睨《にら》みつけるような鋭《するど》い目つきで言葉を返してくる。私も負けじと、悠月ちゃんの目を見返した。

「一緒にお昼食べる予定があるから。あんまり拘束《こうそく》されると困る」

「……あっそ」

悠月ちゃんは露骨《ろこつ》なため息を一つついてから、結子の方を向いた。

「じゃ、行けば」

「う、うん……」

結子はおずおずと、悠月ちゃんと私の前を通って、トイレを出て行く。私も続いて出ようとすると、後ろから悠月ちゃんに声をかけられた。

「あのさ」

「……なに」

「……いくら友達がいないからってさ、あんなド陰キャ捕《つか》まえることなくない？　なんならウチのグループ入れたげてもいいよ」

悠月ちゃんのその言葉に、私は瞬間《しゅんかん》的に体温が上がるような心地《ここち》がした。

この子は、本当に、結子のことを私が「妥協《だきょう》して」作った友達だと思っているようだった。とんでもない。

「私は友達なんていなくてもいい。それでも、結子は私と対等に話してくれた。私の友達のことを悪く言わないで」

私が一息にそう言うと、悠月ちゃんは一瞬《いっしゅん》ひるんだように表情を引き締《し》めたけれど、すぐにまたため息をついて、じとっとした視線をこちらに寄越《よこ》した。

「ふぅん……そっか」

悠月ちゃんのその言葉に続いて、何故《なぜ》か後ろの取り巻きの女子もくすくすと笑った。

嫌《いや》な気持ちになって、私はトイレを出る。

トイレの前で結子はおろおろとした様子で立っていた。

「沙優《さゆ》ちゃん」

「いいよ、屋上行こ」

結子が何か言おうとするのを遮って、私は結子を連れて屋上へ行った。

これでいい。

結子が嫌がらせを受けるのなら、私が守れるときは守るしかない。悠月ちゃんのグループとは、断固として闘ってゆくことになるのだろう、と思った。

「ねえ」

屋上で、結子が小さな声で言った。

「沙優ちゃん……悠月ちゃんのグループに行ったほうがいいんじゃないかな」

結子の言葉に、私はぎょっとした。

「なんでそんなこと言うの」

「いや、その……さっきの、トイレの会話聞こえてて」

「行かないって言ったじゃない。私は結子と一緒にいるから楽しいんだよ」

「それは私もそうだけど、でも……」

結子は目を伏せて、少し鼻声になりながら言った。

「私のせいで、沙優ちゃんまで嫌がらせされるようになったら……私、耐《た》えられないよ」

私はそれに対して、どう返していいのか、言葉が出てこなかった。

そもそものところ、私が悠月ちゃんと対立したことがすべての発端《ほったん》だったはずだ。それが、いつのまにか、結子の中で順序が入れ替《か》わってしまっている。私とかかわりさえしなければ、結子は今頃《いまごろ》こんなことにはなっていないはずなんだ。

「そんなこと言わないで。私は大丈夫《だいじょうぶ》。卒業まで二人で頑張《がんば》ればいいじゃん」

私は結子の手を握《にぎ》って必死に説得した。

結子は目尻《めじり》に涙《なみだ》を溜《た》めながら、何度も何度も、頷いた。

「そうだね……沙優ちゃんがいれば、私は大丈夫」

その言葉を……私は信じていた。

＊

結果的に、結子への嫌がらせはもっと激しくなった。

悠月ちゃんは、私が本当に嫌がることが何か、的確に理解していたんだと思う。私が結子をかばえばかばうほど、私の見ていないところで結子は嫌がらせを受けた。

文房具《ぶんぼうぐ》がなくなり、教科書がなくなり、果てには生理用品までなくなっていたこともあった。

一度私が担任教師に相談しに行ったこともあったけれど、「まあ、それは本当にその子たちが盗《と》ったのかは分からないわけでしょう」と一蹴《いっしゅう》された。悔《くや》しかった。教師は味方にはなってくれない。

嫌がらせを受けている結子は当然疲弊《ひへい》していたし、私もどんどんとやつれていった。あれほど楽しいと感じていた学校生活は、急に苦しいものに変わった。何度も学校を休みたくなったけれど、親が許すはずもないし、それよりも結子を一人にしておけないという気持ちが強かったので、毎日粘《ねば》り強く登校した。

いつか悠月ちゃんたちが私たちに対しての嫌がらせに飽《あ》きて、放《ほう》っておかれるようになれば、それが私たちの勝利だと思った。

……けれど、その結果を摑《つか》む前に、私たちは『崩《くず》れて』しまった。

＊

珍《めず》しく、結子が学校を休んでいた。

あれだけの嫌がらせを受けても毎日粘り強く学校に来ていた結子が急に休んだので、私は驚《おどろ》くのと同時に、少しほっとした気持ちになった。

教師は体調不良だと言っていた。身体《からだ》を休めるのと同時に、心も休めてほしいと思った。

ぼんやりと午前の授業を受けていると、あっという間に昼休みが来た。

屋上へ向かう階段を歩きながら、そういえば、一人で昼食を食べるのは久々だな、と思った。

結子が話しかけてくる前はずっと一人で、それが当たり前だったというのに、今では結子がいないことに違和感《いわかん》を覚えるほどになってしまっている。

結子も、私がいれば大丈夫、と言っていたけれど。きっとそれは私も同じだ。

結子がいてくれれば、他《ほか》に友達ができなくても、いくら他人から友好的でない視線を向けられても、大丈夫だ。

屋上に出ると、珍しく先客がいた。

そもそも屋上に私と結子以外がいること自体が珍しかったのだけれど、それ以上に私はその光景に強烈《きょうれつ》な違和感を覚えた。

先客がいるのは、いい。

ただ、その立っている位置が、おかしかった。

生徒が乗り出さないように高く作られている手すりの向こう側に、人が立っている。

ドアが開いた音に気が付いたのか、その人影《ひとかげ》がこちらを振《ふ》り向いた。

内臓をぎゅっと摑まれたような気持ちになる。

「なにしてるの、結子」

手すりの外に立っていたのは、結子だった。

結子は不気味なほどに穏《おだ》やかな顔で、笑った。

「沙優ちゃん」

「ねえ、危ないよ。こっちに来なよ。どうして……今日は休みだって」

「ずっと待ってたんだ、ここで」

結子は私の言葉が聞こえていないように、穏やかな口調で続ける。

「初めて沙優ちゃんを見た時、本当に綺麗《きれい》な子だなって思ったの。こんな可愛《かわい》い子はどんどん友達を作って、あっという間にクラスの中心になっていくんだろうなって思った。

でも実際はそうならなかったね。沙優ちゃんは孤高《ここう》で、美しくて、誰《だれ》も近寄れなかった」

「ねえ、何言ってるの」

「周りのしょうもない女の子たちがどんな風に工作しても、沙優ちゃんは孤高の存在のまだった。かっこよかった。だから私は……近づいてしまったんだよ。私みたいなやつが、沙優ちゃんの友達になっちゃったの」

結子は何かにとり憑《つ》かれているように、楽しそうに話していた。それだけなら良いけれど、彼女は手すりの外にいる。足をすべらせたらただで済む高さじゃない。

「近づいてみたら、沙優ちゃんは普通《ふつう》の可愛い女の子だった。優《やさ》しくて、思いやりがあって……笑顔《えがお》がとっても素敵《すてき》な女の子だった」

そこまで言って、結子はスッと私の方を見た。彼女の冷え切った視線に、私は背筋がゾクリと震《ふる》えるのを感じた。

「それを、私が台無しにしたの」

「まってよ、そんなことないよ」

「あるんだよ、私は沙優ちゃんを台無しにした、孤高で美しかった沙優ちゃんを、私のような根暗とつるんでる馬鹿《ばか》な女っていう扱《あつか》いにさせてしまった、本当はこんなに美しくて素敵な沙優ちゃんをあいつらは馬鹿にしてるんだ！」

「そんなのどうだっていいでしょ、私のことは結子だけが知ってくれてればいいんだよ」

「そんなことないッ!!」

結子が絶叫《ぜっきょう》した。

私は言葉を失ってしまう。

私は、結子のことが分からなかった。彼女が今何を考えているのか、どうしてそんなに怒《おこ》っているのか、分からない。

「沙優ちゃんは私とは違《ちが》うんだよ……もっと輝《かがや》けるの……それを私が……一番あなたに憧《あこが》れている私が……台無しにしちゃったの……」

結子は急に大粒《おおつぶ》の涙を流して、その場にうずくまった。

今だ、と思った。

もっと近づいて、手すりの間から手を伸《の》ばして、彼女の身体を掴まないといけない。少しでもバランスを崩させてしまったら、彼女の命が危ない。

私は結子がうずくまっている間に、ゆっくりと結子に近づこうとした。

けれど、結子はすぐにそれに気が付いたようにスッと立ち上がって、涙でぐしゃぐしゃな顔で私を見た。

「沙優ちゃん、気付いてた？　最近、沙優ちゃん、また全然笑わなくなってたんだよ。私と一緒《いっしょ》にいると、私のことをどうやって守ろうかってことばっかり考えて、暗い顔してた」

「そりゃそうだよ、友達のことだもん」

私が答えると、結子は喜んでいるのか悲しんでいるのか読み取れない表情をしてから、口角を少しだけ上げた。

「……ありがとう、でもね……私はそれが何よりつらかった。もう、無理なの」

結子が急に、とても穏やかな顔で笑った。

その表情を見て、私はなぜか、「絶対にダメだ」と思った。そう思うのと同時に、身体が前に駆《か》け出す。

結子が言った。

「これはね、沙優ちゃんのせいじゃないんだよ」

「結子ッ！」

「沙優ちゃんはずっと……笑っててね」

結子はそう言って笑ってから。

スキップをするように、屋上から落ちていった。

前進した身体が、行きどころを失って、私は屋上で転んでしまう。

全身が、震えていた。

校舎の中庭から、悲鳴が上がる。

「あぁ……」

顔を上げても、やはり結子は屋上にはいなかった。

「ああァ……ッ！」

喉《のど》から、声にならない声が溢《あふ》れて、視界がぐしゃぐしゃになった。

這《は》いずるように屋上の端《はし》に向かい、手すりから乗り出して、下を見た。

そこには。

＊

沙優が顔面を蒼白《そうはく》にして、急に口元を押さえた。

あ、と思ったころには、沙優は目の前で嘔吐《おうと》していた。

途中《とちゅう》から沙優に寄り添《そ》って話を聞いていたあさみのスカートに、沙優の嘔吐物がびちゃびちゃとかかる。

「ご、ごめ……スカート……！」

こんな状態になっても他人の服を汚《よご》すことを気にしている沙優だが、あさみはまったく動じていなかった。

「大丈夫だよ沙優ちゃん……服なんて洗えばいいけど、沙優ちゃんは今吐《は》かないと、絶対ダメじゃん」

あさみがそう言うのを聞いて、沙優の表情が弛緩《しかん》する。

「ありが…………おぇッ」

もう一度沙優はカーペットの上に、こらえきれないとばかりに吐いた。

「吉田《よしだ》っち、ちょっと拭《ふ》けるもの持ってこられる？」

「おう、とってくる」

あさみに促《うなが》されて、俺は洗面所に向かった。大掃除《おおそうじ》に使うだろうと思い買ったものの、結局大掃除自体をサボってしまった時の雑巾《ぞうきん》が何枚もあったはずだった。

雑巾を取り出しながら、俺も片手で胃のあたりを押さえた。

想像以上に、耐《た》えがたい話だった。どんなつらい話でも聞く覚悟《かくご》はできていると思っていたが、全然、覚悟が足りていなかったと後悔《こうかい》する。

「ほら、これ使え」

あさみと沙優に雑巾を渡《わた》して本人らの服を拭かせ、俺はカーペットを掃除《そうじ》した。

「ごめん、吉田さん……」

「いいって。お前はとりあえず水とか飲んで落ち着け。つらかったら今日はここまででもいいしな」

「ありがと……」

沙優は素直《すなお》に台所まで行って、コップ一杯《いっぱい》の水を飲んだ。

一息ついてから、沙優が言う。

「でも、二人が良ければ……今日、最後まで話すよ。私も覚悟を決めたから」

そう言って沙優が寄越《よこ》した視線はどこか力強くて、これを止める道理はないと思った。

「わかった」

俺は頷《うなず》いて、沙優とあさみの両方に視線をやってから、言う。

「とりあえず、着替《きが》えたほうがいい」

沙優もあさみも、苦笑《くしょう》して頷いた。

6話　放浪

沙優《さゆ》は部屋着から自分の制服に着替え、あさみには仕方ないので俺の部屋着のトレーナーとスウェットを貸し与《あた》えた。

「悪いなそんなんで。一応洗ってはあるが」

「オッサンのニオイがするわ」

「マジで!?」

「焦《あせ》りすぎでワロ」

あさみはケラケラと笑ってから「冗談《じょうだん》に決まってんじゃん」と付け足した。

女子高生に「オッサンのニオイがする」と言われるのはリアルなぼやきに聞こえすぎてシャレにならないので、冗談だとしてもやめてほしい。

「それにこれ沙優チャソが洗濯《せんたく》したわけでしょ。そう考えるとめっちゃいい匂《にお》いな気がしてきた……ヤバ……」

「嗅覚《きゅうかく》ガバガバじゃねぇか」

俺が声を上げると、あさみはさらにゲラゲラと笑った。

沙優の方をちらりと見ると、沙優もやはり元通り元気、とまではいかないながらも、あさみにつられて小さく笑っていた。

少しは落ち着いたようで、良かった。

あんな話をして、嘔吐してしまった後だ。彼女は『覚悟しているからこのまま話す』と言ったが、さすがに一度気分転換《てんかん》くらいは挟《はさ》んでほしい。

話を聞いていただけでもあれだけ胃が痛くなったのだ。話をしている沙優本人は、すでに体験したつらい出来事を追体験していると言っても過言ではない。実際に、あのタイミングで嘔吐してしまったというのは、おそらく彼女の過去の友人の亡骸《なきがら》を思い出してしまったからなのだと思う。

考えれば考えるほど、まだ10代の子供が経験するには、重すぎる出来事だと感じた。

あさみも、沙優に視線を送ったりはしないものの、明らかに沙優の様子を気にしているのがこちらにまで伝わってきた。俺と他愛《たわい》のない会話をしながらも、ときどき、沙優を視界の端に捉《とら》えるように、さりげなく視線が移動する。

着替えを終えてから数分、なごやかな会話をしていると、ふと、全員が沈黙《ちんもく》した。

数秒の静寂《せいじゃく》の後、沙優が口を開く。

「じゃあ……続き、話そうかな」

沙優の言葉に、あさみは優《やさ》しい声で、問うた。

「もう大丈夫《だいじょうぶ》なん？」

「うん、落ち着いた」

「そっか」

沙優があさみに微笑《ほほえ》み返してから、俺の方を見た。

俺も、続きを聞く覚悟を決めた。

「お前が大丈夫なら、俺も大丈夫だ」

俺が言うと、沙優は頷いて、一度、ゆっくりと息を吸って、吐いた。

そして、また沙優は、語りだす。

＊

結子《ゆうこ》が自ら命を絶って、私は悲しみと失意のどん底に突《つ》き落とされた。

二人で逃《に》げ切ろうと思っていたのに、結子だけが、最悪の形で先に退場してしまった。

私は結子を守っているようなつもりになって、その苦しみの本質に全く気が付いていなかったんだ。それが悔《くや》しくて、そして悲しかった。

何日でも、何か月でも悲しみに暮れていられそうなほどに私は参ってしまっていたけれど、現実は、私にそれらの感情を処理する時間を与えなかった。

結子が飛び降りるまさにその時に同じ場所にいた私は、真っ先に事情聴取《ちょうしゅ》の対象となった。

生徒指導の先生や、校長先生、そして警察にもなんども聴《き》き取りをされた。

どうあっても私は実際に起こったことをそのまま語るしかないのだけれど、友達が死んでしまったシーンを何度も思い出さなければならないことも、自分が結子を殺したのではないかなどという邪推《じゃすい》を赤の他人にかけられるのも、苦痛で仕方がなかった。

大好きだった友達のことだというのに、彼女の顔を思い出すだけで胃が痛んで、夜はなかなか眠《ねむ》れない。

結子の自殺から数日が経《た》つと、今度は私の家にマスコミが押しかけるようになった。

私が家を出る時や、家に帰る時。タイミングを狙《ねら》いすましたように、何人もの記者や、テレビカメラを持った大人が立っている。どうやら私が学校に行っている間も、何度も家のインターホンが鳴っているらしい。

母さんは辟易《へきえき》としていた。

ただでさえ家庭のお荷物であった私が、さらに厄介《やっかい》ごとを引っ提《さ》げて帰ってきたのだから。

結子が亡《な》くなったその日、母さんは、私が泣きながら事情を説明すると、ため息をついて、こう言った。

「さすがにあなたでも、クラスメイトを殺したりなんかしないわよね」

私は驚《おどろ》いてしまって、その直前まで止まらなかった涙《なみだ》や嗚咽《おえつ》が急に止まったのを感じた。

「……うん、絶対にしない」

私は小さく頷いて、そう返す。

たった一人の友達だったもの。という言葉は、噛《か》み殺した。

普段《ふだん》は忙《いそが》しい兄さんも、その時ばかりは毎日実家に帰ってきてくれるようになった。

ヒステリック気味になっている母さんをなだめて、その間を縫《ぬ》って私の様子を見に来てくれる。

私は何度も何度も、兄さんの胸で泣いた。

数週間、テレビをつけると何度も結子の名前の出てくるニュースが流れた。テレビをつけなくなった。

インターホンに怯《おび》え、登下校でマスコミに群がられるのが怖《こわ》くなり、私は学校へ行かなくなった。

いつもは世間体《せけんてい》を気にして、風邪《かぜ》を引こうが何をしようが学校には必ず行かせる母さんも、あの時ばかりは、私が学校に行きたくないと言っても、何も言わなかった。

昼は他人と母さんの機嫌《きげん》に怯えて、夜は頭の中にこびりついた「結子の記憶《きおく》」に怯えた。

こうして、私をはじめとして、荻原《おぎわら》家の三人はどんどんと疲弊《ひへい》していったんだ。

そして、決壊《けっかい》ギリギリのダムのように耐え忍《しの》んでいた私たち家族の関係は、ある日ついに、崩壊《ほうかい》した。

朝早く目が覚めてしまって、リビングに行くと、母さんがすすり泣いていた。

何かあったのかと、声をかけると、机に突っ伏《ぶ》していた母さんが顔を上げて、キッと私を睨《にら》みつけた。

「どうしたの……」

「全部あなたのせいなのよ……！」

ヒステリックになった母さんのよく言う台詞《せりふ》だった。

私は詳《くわ》しく聞かされていないのだけれど、母さんは私を産んだことで父さんと離婚《りこん》をすることになってしまったらしい。そして、私はその『詳しく聞かされていない事情』で母さんから、小さいころからずっと、愛されていない。

父さんと離婚してから、母さんは定期的に情緒《じょうちょ》不安定になるようになった。そしてそんなときに私のことを見ると、たいていああ言うのだ。

「一颯《いっさ》はあの人の会社を継《つ》ごうと立派に頑張《がんば》ってるっていうのに、あなたは何かするたびに厄介ごとばっかり抱《かか》え込んできて！」

「ごめんなさい」

謝り続ければ、母さんは一旦《いったん》満足して眠ってしまう。ヒステリーを起こすのも、体力を消費することなのだ。

「どうして他人の自殺でこんなに私たちが追い詰《つ》められなきゃいけないのよ……あなたが友達ごっこなんてするからでしょう！　大した感情もないくせに！」

「……ごめんなさい」

感情がないわけじゃない。ただ、母さんの前ではつとめて出さないようにしていただけ。

私が我慢《がまん》すれば、それで済むのだから。

今回も、耐《た》え忍ぼうと思った。彼女の気が済むまで罵《ののし》られ続ければ、それで終わりだと。

けれど。

ハッ、とした様子で、急に母さんが目を見開いて私を見た。

いつもと違《ちが》うその様子に、私が少しだけ首を傾《かし》げると、母さんが言った。

「もしかして……本当にあなたが殺したんじゃないでしょうね」

その言葉で、あっさりと、私の我慢の限界は訪《おとず》れた。

気が付けば私は母さんに駆《か》け寄って、その顔を平手で叩《たた》いていた。生まれて初めての暴力だった。

「そんなわけないでしょッ‼　ふざけないでよ‼」

生まれて初めて、怒《いか》りに任せて怒鳴《どな》っていた。

私のことを罵られるのは、もう慣れていた。

ただ、私が結子を殺したなんてことを疑われるのは、私と結子の友情を根底から否定されたような気持ちになって、我慢ができなかった。

私がどれだけ結子を好きだったかなんて、知りもしないくせに。

「母さんには分からないでしょうね‼　初めてできた心を許せる友達が、自分のせいでいじめられて、そして……」

抑圧《よくあつ》していた感情が暴れだしていた。

私の表情を見て、母さんはただただ呆然《ぼうぜん》とした顔をしている。

大粒《おおつぶ》の涙をぼろぼろと零《こぼ》しながら私は母さんの襟首《えりくび》を掴《つか》んで、何度も揺《ゆ》らした。

「私のせいで死んじゃった気持ちなんて……母さんには絶対分からないッ!!」

「あなた……」

「そんなに目障《めざわ》りなら消えてあげる、私も心無い言葉をかけられ続けるのはもうこりごりなの!!」

そう叫《さけ》んで、私は自室に走った。

制服を着て、最低限必要な荷物をバッグに詰めて、財布《さいふ》を握《にぎ》って。

部屋を出ようとした途端《とたん》に、部屋のドアが開いて、兄さんが顔を出した。

「なんの騒《さわ》ぎだよ……って沙優、制服か？　学校行く気になったのか」

「違う。出てく」

「出てく？　どこに？　いつ帰ってくるんだよ」

「どこか！　もう帰らない!!」

「おい！」

兄さんを押しのけて、玄関《げんかん》に走って、文字通り、家を飛び出した。

すぐに兄さんも玄関から出てきて、全力で走って追いかけてくる。さすがに大人の男性の脚力《きゃくりょく》に勝てるはずもなく、私はすぐに兄さんに捕《つか》まえられてしまった。

「離《はな》してッ！」

「馬鹿《ばか》、暴れるなよ！　一旦落ち着けって」

「だって!!」

また涙が溢《あふ》れて来た。

「母さん……本当は私が殺したんじゃないの、って……言ったんだもん……ッ！」

私が唸《うな》り声を上げるように泣きながらそう言うと、兄さんは言葉を詰まらせてから、私の背中を撫《な》でた。

「そんなことを……言ったのか」

兄さんはゆっくりと私を抱《だ》きしめてから、いつもより小さな声で言った。

「確かに、今は少し母さんと距離《きょり》を置くのはいいかもしれない。世間体より、沙優や母さんの精神を整えるほうが大事だ」

兄さんはそう言って、私の手を引いた。

「駅まで一緒《いっしょ》に行こう」

「あ……うん」

出て行くこと自体を反対されると思っていた私は、少し拍子《ひょうし》抜《ぬ》けしながら頷《うなず》いた。

駅に着くまで二人は無言だった。

けれど、隣《となり》に兄さんがいてくれるのは少しだけ心強かった。

最寄《もよ》りの駅に着いて、兄さんは「ちょっと待ってて」と行って、ATMへと歩いて行った。

そしてすぐ戻《もど》ってきたと思ったら、私に少し重たい封筒《ふうとう》を渡《わた》した。

「お金を持たずに出て行ってもすぐ帰る羽目になるだけだ」

「え、でも……」

「30万入ってる。贅沢《ぜいたく》しなければ半月は外で過ごせると思う」

「そんな！　悪いよ！」

私の言葉を聞いて、兄さんは苦笑《くしょう》した。

「金も持たずに家出される方が迷惑《めいわく》だよ。いいかい、きちんとしたホテルに泊《と》まること。そして、何か身の危険を感じたら、必ず僕に連絡《れんらく》すること。その両方を約束できるなら、母さんには僕から上手《うま》いこと言っておくよ」

私はしばらく手元の封筒とにらめっこしてから、兄さんに抱き着いた。

「……ありがと」

「……今までよく頑張ったね。少し休憩《きゅうけい》しておいで」

兄さんは私の頭を撫でてから、肩《かた》をとん、と押した。

「行ってくる」

「行ってらっしゃい。危ないと思ったらすぐに連絡するんだぞ」

「分かってるって」

兄さんの方が、よっぽど親のようだと思った。

親は本来、こういう風に子供を心配するものなのだろうか……と、そんなことを考えかけて、すぐにやめた。

そういった経緯《いきさつ》で、私は生まれて初めて、長期間の家出をした。

＊

家を飛び出して、私は本当の意味で「独り」になった。

ホテルの部屋では、私は何をしていても誰《だれ》にも見られないし、何も言われない。

急に自由を手にした私が真っ先に覚えたのは『虚無感《きよむかん》』だった。

「私ってなんなんだろ……」

何度呟《つぶや》いたか分からない。

母さんには歓迎《かんげい》されずに生まれてきた。

兄さんは私を大切にしてくれたけど、あの優《やさ》しさには、いくらかの『憐《あわ》れみ』が含《ふく》まれているのを、私は感じていた。

友達は作れず、ようやくできた友達は、私を置いて、逝《い》ってしまった。

思えば、私はずっと、『誰にとっての、何でもない』人間だったように思う。

物理的に独りになったことで、私の孤独《こどく》感は加速した。

兄さんから30万円も借りてまで、私は何をしているのだろう、と、何度も考えた。

せっかく母親から逃《に》げおおせたというのに、気分はまったく明るくならなかった。

何か悪いことがしてみたくなったりもしたけれど、飲酒やタバコなんかに手を出す勇気はなくって、ホテルの自室で全裸《ぜんら》になって自慰行為《じいこうい》をするのが日課になった。行為を終えるたびに惨《みじ》めな気持ちになるのに、何故《なぜ》かやめられなかった。

そんなこんなで、外泊《がいはく》を続けているうちに、あっという間に所持金は減っていき、ついに数万円を切ってしまった。

兄さんには「安全な場所に泊まれ」と言われたけれど、ネットカフェであれば数万円もあれば一週間は泊まることができると思い、私は所持金が尽《つ》きるギリギリまで、ネットカフェに入り浸《びた》った。

兄さんは思った以上に正確にお金の減りを計算していたようで、ネットカフェに3日ほど泊まったところで、私の携帯《けいたい》は何度も鳴った。

「今どこにいる？」

「ホテルだよ」

「どこのホテル？　毎日ホテルに泊まってたらとっくにお金なくなってる頃《ころ》だと思うんだけどな」

その時どう誤魔化《ごまか》したかは、もう覚えていない。

けれど、その場しのぎの嘘《うそ》は数日後にはバレて、何度も何度も兄さんから電話がかかってくるようになった。

気が付いたころには、私は、自分でも驚《おどろ》くほどに『投げやり』な気持ちになっていた。

母さんのいるあの家には、やっぱり帰りたくなかった。帰って母さんと仲直りするビジョンがどうしても浮《う》かばなかった。

兄さんには家出を手伝ってもらった恩があったし、約束を破るのは心苦しかったけれど、でも、放《ほう》っておいて欲しかった。

私は携帯の電池を切らして、そのまま、どこかのコンビニのごみ箱に捨てた。

お金は尽きてしまった。

何かを深く考える気力も、尽きていた。

どうしたらいいか分からずに、夜の町をふらふらとしていると、スーツを着た男性に声をかけられた。

「女子高生がどうしたの、こんな時間に」

その男性は少し酔《よ》っているようで、顔が赤かった。そういえば、その日は金曜日だったことを思い出す。

私はその時、自分でも驚くほどに、すんなりと笑顔《えがお》を作って見せた。

「家出中なんです。帰るところなくって」

「……ふぅん」

スーツの男性は私をじっと見て、少し考える様子を見せた。

そして、言った。

「とりあえずこんなところは危ないし、今日のところはうちに泊まっていったら？」

私は全身に緊張《きんちょう》が走るのを感じた。

これは、明らかに兄さんの言う「危ないと思ったら」に合致《がっち》する声かけだと思った。

けれど、その時の私は本当に、すべてにおいて『投げやり』になっていた。

それに、上手くゆけば、当面の宿を得ることができるチャンスだった。

「……迷惑じゃない？」

気づけば、私はそう言っていた。

7話　足跡

「……そこから始まって、私はずっと、帰らなかった」

沙優《さゆ》は、目尻《めじり》に涙《なみだ》を溜《た》めながら、言葉を紡《つむ》いでいる。

俺とあさみは、俯《うつむ》いたままその話を聞いていた。

「最初は、本当に善意で泊めてもらえてるのかもしれないなんて思ったりもしたけど、そんなことなかった。数日後にはしっかり求められて……どうしても帰りたくなかった私は、いいよ、って言っちゃった」

沙優はそう言って、自嘲《じちょう》気味に笑った。

「馬鹿《ばか》だよね、初めてした人の名前も覚えてないんだもの」

「沙優ちゃん……」

あさみが、沙優の手をぎゅっと握《にぎ》った。声が震《ふる》えている。

「そこからは吉田《よしだ》さんにはもう話した通り。一回したら、何回しても同じだって思った。

身体《からだ》を差し出せば宿が手に入るから、何度もそうやって渡り歩いた。そうやってダラダラと家出を継続《けいぞく》して……吉田さんと出会った」

沙優の視線が俺に向いて、そのタイミングで、沙優の頬《ほお》を涙が伝った。

それを見て、俺は再び胸がぎゅっと締《し》め付けられるような気持ちになる。

「これで、話すべき私の過去は全部だよ。北海道を出て、吉田さんに会うまでの経緯……全部話した」

そう言った沙優は、先ほどまでよりも、少しだけすっきりした表情をしているように見えた。

それだけが、救いだと思った。

「……そうか」

俺はゆっくりと息を吐《は》き出してから、頷《うなず》いて。

「……話してくれて、ありがとう」

と、言った。

沙優も、何度か首を縦に振《ふ》ってから。

「聞いてくれてありがと」

と、言った。

「沙優ちゃんさ」

あさみがおもむろに口を開いたので、俺と沙優の視線が彼女に集まる。

あさみは、沙優の目をじっと見て、そして言った。

「やっぱり、ここまで頑張《がんば》ってきたんだね」

あさみのその言葉に、沙優の瞳《ひとみ》が揺《ゆ》れるのが分かった。そして、またじわりと、目尻に涙が溜まった。

「うん」

沙優が頷く。

「えらいじゃんな」

あさみも頷いて、右腕《みぎうで》で沙優の頭を胸に抱《だ》くようにして、左腕は沙優の背中をさすった。

あさみの胸に顔をうずめたまま、沙優はもう一度首を縦に振った。

「……うん。頑張ったんだ」

沙優はそう言ってから、あさみの背中に手を回して、そのまま ぐすぐすと洟《はな》をすすりだし、気付けば、声を上げて泣いていた。

俺もつられて涙が出そうになったが、こらえる。

数分間沙優は泣き続けて、そのまま、あさみの胸の中で眠《ねむ》ってしまった。

「……さすがに、話すだけでも疲《つか》れる内容だったしね」

あさみは言いながら、ゆっくりと沙優を自分の胸から離《はな》して、そのままそっとカーペットの上に寝《ね》かせた。

「ベッドの方がいいかもしんないけど、まあ持ち上げたら起きちゃうかもだし」

「そうだな……ひとまずそこに寝かせておこう」

沙優が普段《ふだん》使っているタオルケットをゆっくりと身体にかけて、俺はもう一度カーペットの上に座りなおした。

ゆっくりと息を吐く。

思考がばらついていた。沙優の過去の話、そしてそれを語る表情。それらが頭の中で渦《うず》巻《ま》いては消え、渦巻いては消えを繰《く》り返す。

「……タバコ、吸ってきていいか」

俺がそう言うと、あさみは一瞬《いっしゅん》呆《ほう》けたような顔をしたが、すぐにニッと口角を上げた。

「ごじゅーに。てかウチも行くよ、ベランダ」

「いや……タバコ臭《くさ》くなるぞ」

「いいっての、ちょっとくらい」

あさみはあっけらかんと言って、俺と一緒《いっしょ》にベランダに出てきた。

煙草《たばこ》を一本取り出して、ジッポライターで火をつける。煙《けむり》を吸って、吐く。

そのルーチンをこなすと、妙《みよう》に落ち着いた気持ちになった。

「落ち着いた？」

隣《となり》のあさみが、横目で俺に視線を送ってくる。

「そういうお前はどうなんだよ」

訊《き》き返すと、あさみは苦笑《くしよう》した。

「ウチもちょっと動揺《どうよう》してる」

あさみはそう言って、ベランダの塀《へい》に背中をもたれかけながら、視線を下に落とす。

「なんかあるんだろうな、とは思ってたよ。でもまさかあそこまで重い話が出てくるとは思ってなかった、正直」

「……俺も、同じだ」

俺はもう一度煙を吸って、吐き出してから、言葉を続ける。

「友達ができて、その友達が死んで、一番身近な存在なはずの親が味方になってくれない……そんな状況《じようきよう》、大人だって耐《た》え難《がた》い」

「ましてや高校二年生……」

あさみが口ずさむようにそう付け足した。

「……ほんと、よく逃《に》げて来たと思うよ。過程はどうあれ」

あさみはそう言って、急に俺の背中を叩《たた》いた。

「必死で逃げて来たから、吉田っちみたいなのに出会えたわけじゃん」

「なんだよ俺みたいなのって」

俺が顔をしかめると、あさみはにんまりと笑ってから、わざとらしく俺の脇腹《わきばら》を肘《ひじ》で小《こ》突《づ》いた。

「女子高生を匿《かくま》っても美味《おい》しく食べちゃわないような人って意味」

「やめてくれ忌々《いまいま》しい……」

「褒《ほ》めてんだけどな」

あさみは可笑《おか》しそうに鼻を鳴らしてから、急に真顔になる。

「で、吉田っちはどうするわけ？」

「どうする、ってのは？」

訊き返すと、あさみは呆《あき》れたような表情を見せた。

「だから、沙優チャソのこと。このまんま素直《すなお》に帰らせるわけ？」

「そりゃ、迎《むか》えが来てんだから、そうするしかないだろ。赤の他人の俺が口を出す内容じゃない」

正直、沙優の話を聞いた後では、沙優を実家に帰らせることが彼女にとって本当に良いことなのかは甚《はなは》だ疑問だ。

とはいえ、やはり他所《よそ》の家の事情と言ってしまえばそれまでで、保護者に近い立場の『兄』が現れた以上、これ以上俺にできることはないように思えた。

「赤の他人……ねぇ」

あさみが唇《くちびる》を尖《とが》らせるようにしてぼやくので、俺は灰皿に灰を落としながら彼女に視線をやった。

「なんだよ」

「いんやぁ」

あさみは苦笑して、俺を横目で見た。視線が絡《から》む。

「こんだけ巻き込まれといて、いまさら『赤の他人』ってのも変じゃない？　って思っただけ」

「それは……まあ、俺もそう思わないでもないが……やっぱりこういうのは家族の問題だろ」

「その家族が、沙優チャソの味方になってくれるんだったらそれでもいいんだろうけどさ」

あさみの言いたいことは、よく分かった。

あさみは、俺に対して、今後も何かしらのサポートを沙優に対してしてやることを期待しているのだと思う。

ただ、大人の立場から考えると、やはりこれ以上俺が出て行くのもあまりにおこがましいような気がする。どのみち、沙優はいつか家に戻《もど》らなければならないのだ。

その覚悟《かくご》を無理にでも固めなければいけない時が来た。ただそれだけのことなのではないか。

「吉田っちはどうしたいわけ？」

ふいにあさみにそう訊かれて、俺は言葉を失った。

「……いや、だから、俺の話聞いてたか？　どうにもできないだろって」

「聞いてたけど、訊いてんのはそこじゃないわけ」

あさみが、俺の言葉を鋭《するど》く遮《さえぎ》って言った。

「『べき』とか『べきじゃない』とかじゃなくて」

あさみの視線がまっすぐに、俺に向かってくる。

「吉田っちはどうしたいのか、って訊いてんの」

俺はそこでまた、言葉を詰《つ》まらせた。

俺はどうしたいのか。そう問われれば、答えは明白だったが、それが正しいことなのか俺には分からなかった。

「まーたそういう顔する」

あさみの手が急に伸《の》びてきて、俺の眉間《みけん》を人差し指でつん、と突《つ》いた。

「吉田っちはさ、いちいち難しく考えすぎなんじゃない？」

「……そんなことねぇよ」

「前にさ、『正しくないことは、したくない』って言ってたじゃんね」

「……言った」

「じゃあ今の場合の『正しいこと』って何だと思うわけ、吉田っちは」

あさみの質問はことごとく、俺にとって『痛い部分』を突いてくるものだった。そして、多分彼女自身、それを自覚して質問を投げてきている。

「俺は」

あさみとの会話に集中している間に、煙草の火がどんどんと進んでいた。灰の棒のようになってしまったタバコを灰皿に押し付けながら、何かを言おうとして口を開け、そして何も言葉が出て来ずに、閉じる。

「俺は……」

ふと、脳内に沙優の姿が浮《う》かんだ。料理をしている沙優。家事を終えて手持ち無沙汰《ぶさた》そうにしている沙優……。

洗濯機《せんたくき》を回している沙優。

そのどれもが、なごやかで、『自然な』様子に思えた。

そんな彼女の胸の中には、さきほど聞いたような仄暗《ほのぐら》い過去が眠っていて、それでも彼女は他人の前では微笑《ほほえ》んでいて……。

その笑顔《えがお》は、本当に、綺麗《きれい》だった。

「俺は、沙優が自然に笑ってられるようになれば……いいと思う」

気が付けば、そう口に出ていた。

そうだ、思えば、沙優を家に迎え入れた時から、ずっとそんなことばかりを考えていたんじゃないか。

沙優の笑顔に、俺は確実に魅力《みりよく》を感じていた。

子供が、子供らしく笑えることが、彼女にとって一番良いことだと、信じて疑わなかった。

「本当はもっと……家族の下《もと》で楽しく暮らす、とか……学校に行って普通《ふつう》の生活をするとか……そういうことの方が先決なんだと思う。でも……」

俺の言葉を、あさみは黙《だま》って聞いている。

「でも……俺はそんなことより、あいつに自然に笑っててほしい。俺がいない場所でも、俺の家にいた時みたいに……いつだって、あんな笑顔でいてほしいと思ってる」

俺はなぜか、胸が締《し》め付けられるような思いになりながら、そう言った。

「それが……俺の願いだ」

そして、すべて言い切った途端《とたん》に、胸の中にあった『つかえ』が一気に抜《ぬ》け落ちたような気持ちになった。

あさみは数秒間じっと俺を見てから、フッと鼻を鳴らして、笑った。

「じゃあ、そうなるように助けてあげたらいいじゃん」

あさみはそう言って、部屋の中で眠《ねむ》っている沙優に視線をやった。

「もう、沙優チャソと吉田っちは全然『他人』じゃないじゃん。いつも吉田っちは沙優チャソにとって何が一番良いかってのを考えてるみたいだけどさ」

あさみはそこで言葉を切って、再び俺の方に視線をやった。

「そろそろ、吉田っちが沙優チャソをどうしたいかってことも、考えていいんじゃない？」

「俺が、どうしたいか……」

俺が復唱するように口にすると、あさみは頷《うなず》いて、続ける。

「ある程度距離《きょり》が近づいたらさ、『お互《たが》いがどうしたいかを知る』っていうのが、正しいコミュニケーションの形なんじゃないかなって思うよ」

「なるほどな……」

俺は相槌《あいづち》を打ちながら、もはや無意識に近い形でもう一本煙草《たばこ》を取り出して、火をつけた。そして、すぐに自分のその行動に気が付く。

「あ、すまん。もう一本つけちまった」

「いーよ別に。さっきのほぼほぼ吸わずに消しちゃったでしょ」

あさみはあっけらかんと答えて、またベランダの塀にぐだっともたれかかった。

その様子を横目で見て、俺は思わず失笑《しっしょう》した。

「なにさ」

あさみが不満げな視線を送ってくるので、俺は首を横に振《ふ》った。

「いやな、なんつーか……あさみは高校生って感じしないなって」

「はぁ？　どういうことだし」

「悪い意味じゃない。なんていうのかな……有り体《てい》に言うと……大人っぽい」

俺はそれだけ言って、また煙草をくわえた。煙《けむり》を吸って、吐《は》く。

あさみと話していると、いつも俺の気付いていない物事の本質を教えられるような気持ちになるのだ。あさみからは確実に若いオーラが常時放たれているのだが、それとはまた別に、どこか大人びた印象も同時に、常に感じられた。

何回か煙を吸って吐いて、としながらそんなことを考えていると、隣《となり》のあさみから反応がないことにふと気が付いた。

視線をやると、あさみはだぼだぼのスウェットの袖《そで》で自分の口を押さえて、不自然に視線を下に落としていた。

「なんだお前、どうした」

「うるさい、なんでもない」

「いてぇ！」

あさみはぶっきらぼうに答えて、俺を突然《とつぜん》蹴《け》った。

「馬鹿《ばか》にしてるわけじゃないって言ってんだろ」

「そーいう問題じゃないの！」

「お前のおかげで俺もちょっとすっきりしたよ……ってぇ！　蹴るな！　なんだよ！」

「うっせバーカ！」

げしげしと脛《すね》を蹴ってくるあさみを、どうにか煙草を持っていない左手だけで制止する。

暴れていたあさみは急にスッと動きを止めると、何度か俺の方に視線をやってから、ボソッと言った。

「吉田っちは沙優チャソだけ見てればいいんだよ……」

「は？　どういうことだよ」

「そのまんまの意味！　ウチも手伝えることあったらなんでも手伝うから、困ったらすぐに連絡《れんらく》してちょ」

「ああ……」

あさみはそれだけ言って、一足先に居間に続く扉《とびら》に手をかけた。

「今日は帰るわ。服、洗濯《せんたく》して今度返すべ」

「ああ、送んなくて平気か？」

「いい、それより沙優チャソ見ててあげて」

「わかった」

あさみはすっかりいつもの調子に戻って、ニッと笑った。

「ま、今までもどうにかなってきたんだし、この後もどうにかなるべ」

「……そうだと、いいな」

「んじゃね。また」

あさみが居間に戻り、そのまま手早く荷物をまとめて家を出て行くのを、見送って。

そして手元の煙草を見ると、また、大して吸っていないのにほぼほぼフィルターの近くまで燃えてしまっていた。

「はぁ……」

灰皿に煙草を押し付けて、俺はため息をつく。

三本目を取り出そうとして、やめる。

「……俺がどうしたいか、か」

呟《つぶや》いて、拳《こぶし》を握《にぎ》った。

沙優が、どうしたいか。

俺が、どうしたいか。

その両方が……きっと、重要だ。

残りの一週間、俺はどうするべきなのか、全力で考える必要があると思った。

8話 バット

「え、じゃあ沙優《さゆ》ちゃん帰っちゃうんですか」

「そりゃまた急な……」

会社の昼休み、今までの事情を知っている橋本《はしもと》と三島《みしま》には大雑把《おおざっぱ》な状況《じょうきょう》だけ説明すると、二人は思った以上に驚《おどろ》いた表情を浮《う》かべた。

「いや、まあこういうことはたいてい急に起こるもんか……」

橋本はそう言って、神妙《しんみょう》な表情を浮かべた。

「むしろ、ここから健全な状態に戻《もど》るなら、沙優ちゃんにとっても、吉田《よしだ》にとっても良かったのかもしれないね」

橋本はそこまで言ってから、ちらりと俺を横目に見た。

「……っていう顔ではないね、それは」

「いや……まあ」

　俺は自分の眉根《まゆね》に皺《しわ》が寄っていることに気が付いて、人差し指と中指でその皺を左右にぐいと伸《の》ばした。

　沙優の家庭環境《かんきょう》が正常であったのであれば、確かに橋本の言っていることは納得《なっとく》ができる。どうあっても、今の状態が『健全である』とは言い難《がた》い。

　しかし沙優から聞く限りでは、沙優の家庭は、彼女にとって良い環境とはとても思えなかった。

「やっぱり沙優ちゃんが帰っちゃうのは寂《さび》しくなった？」

「いや、そうじゃない」

　橋本が茶々を入れるでもなく、真面目《まじめ》な表情でそんなことを訊《き》いてきたので、俺は首を横に振った。

「ただ……まあこんな長期間家出してるって時点で察せることではあるが、親がどうもな……」

「なるほど」

　普段《ふだん》から察しの良い橋本は、俺の曖昧《あいまい》な説明にも明快に頷いて、カツ丼《どん》を食べる手を止めた。

「でもさ、そんなことまで吉田が面倒《めんどう》見ることかな。言ってしまえば他人の家庭の事情だろ？」

「それは……そうなんだよな。俺もそう思う」

俺が頷《うなず》くと、橋本は俺の目をじっと見つめながら言った。いつになく、真剣《しんけん》な表情だった。

「そろそろ潮時だと思う。善意だけで赤の他人を助けるのにも、限界がある」

橋本の言葉に、俺は完全に沈黙《ちんもく》した。彼に対して何か言い返したいわけではなかった。けれど、彼の言っていることに完全に納得したわけでもない。胸の中で火の付きそうな感情がくすぶっているような、不思議な感覚。

「それで、吉田センパイはどうしたいんです？」

急に、三島が、あっけらかんと言った。

昨日あさみに問われたことと、同じだ。

「橋本さんの言うことも分かるんですよ、すごく。でも結局、沙優ちゃんと出会ったのも、沙優ちゃんを今まで匿《かくま》ってきたのも、全部吉田センパイじゃないですか」

三島は言いながら、てきぱきと自身の頼《たの》んだ焼き鮭定食の鮭《じゃけ》から小骨を取り外している。

一本の、少し大きめな骨をピッと抜《ぬ》いて、三島が俺の方に視線をやった。

「私からすれば、吉田センパイはもう沙優ちゃんにとっての『他人』じゃなくて、『当事者』だと思いますよ。とっくに、巻き込まれてる」

　これも、昨日あさみに言われたことと同じだった。

　そして、もう一度三島は首を傾《かし》げた。

「で、センパイはどうしたいんです？」

「俺は……」

　俺は言葉に詰《つ》まってしまう。

　究極を言えば、俺が沙優にしてやりたいことというのは昨日あさみに話したように、沙優の笑顔《えがお》を守ってやりたいということなのだろうと思う。

　ただ、今三島に訊かれているのはそういった漠然《ばくぜん》とした内容ではないことは分かった。

　一週間後に北海道に戻らねばならなくなった沙優に対して、俺は何をしてやるべきなのか。

　その点については、現状、まだ何もまともな案は考えられていなかった。

　黙《だま》っている俺をじっと見つめて、三島は鮭を口に運び、ゆっくりと噛《か》んで、そしてそれを追うように白米を口に運んだ。すべて噛み終えて、ゆっくりと嚥下《えんか》してから。

「あと一週間弱はあるわけですよね」

「え？」

「沙優ちゃんがこっちにいられる時間」

「ああ……そうだな」

俺の返事を聞いて、三島は何かを考えるように、ひとり何度か頷いて、そしてもう一度俺を見た。

「じゃあ、今日の晩、沙優ちゃんのこと借りていいですか？」

「は？　借りる？」

急な三島の提案に、俺は間抜《まぬ》けな声を上げてしまう。

「そうです、要は連れ出させてくださいってこと。沙優ちゃんとデートさせてくださいよ」

「いやそりゃ……構わない、というか俺が決めることでもない気がするが……なんで急に、そんな」

「女子同士積もる話があるんですよ」

三島は手をひらひらと振《ふ》って、俺の質問をいなすように返した。

急な話に少し違和感《いわかん》を覚えないでもないが、そういえば以前も、買い物に出たはずの沙優が三島の家にいたというようなことがあったし、二人の間には俺の知らない友情があるのかもしれないと思った。

「まあ……沙優が嫌《いや》がらないのであれば俺はいいけど」

「じゃあ決まりですね。退勤したら一度帰って、その後吉田さん家《ち》に沙優ちゃん迎《むか》えに行きますよ」

「あんま遅《おそ》くまで連れまわすなよ」

「分かってますってぇ」

三島はどこか陽気にそう言って、また鮭定食を頬張《ほおば》り始める。

じっくりと噛んで、飲み込むという作業を続ける三島をぼんやりと眺《なが》めながら、思った。

そういえばこいつ、口に物が入った状態で話すクセ、なくなったな。

＊

「よっしゃ！　本日一球目！」

ユズハさんが、バッターボックスに意気揚々《いきようよう》と入ってゆき、バットをぎゅっと握った。

ガコンッ、という音と共に、壁《かべ》から野球ボールが飛んでくる。素人《しろうと》の私でも目で追えるくらいのスピードではあったけれど、速いことには違《ちが》いなかった。

ユズハさんが思い切りバットを振ったけれど、残念ながら空振り。

「あちゃー」

ユズハさんは私の方を振り返って、舌を出した。

すぐにもう一球飛んできて、ユズハさんがまたバットを振る。今度は「ゴッッ」と鈍《にぶ》い音が鳴り、バットに球が当たった。けれど、球はあらぬ方向に飛んで行ってしまう。

「久々だからなぁ」

ユズハさんは呟《つぶや》いて、またバットを構えながら、球の飛んでくる方向をじっと見た。

私は今、ユズハさんと、バッティングセンターに来ている。時刻は夜21時。

吉田さんが家に帰ってきてすぐ、「三島がお前と二人で会いたいってよ」と言ってきたときは驚いた。どういう用件なのかと吉田さんに訊くと、吉田さんも分からないと答えた。

ただ、私は何度もユズハさんに助けられているので、彼女に理由もなく連れ出されたからと言って嫌な気持ちにもならなかった。むしろ、少し嬉《うれ》しいくらいでもある。

その後吉田さんの家まで私を迎えに来てくれたユズハさんと共に、最寄《もよ》り駅からもう少し歩いたところにある古臭《ふるくさ》いバッティングセンターにやってきたというわけだった。

なぜ彼女がバッティングセンターに私を連れてきてくれたのかは分からなかったけれど、今のところ、特に何かを話すでもなく、ユズハさんは楽しそうにバットを振っている。

ときどきバットに球が当たるけれど、いわゆる「ホームラン」のような気持ちの良い当たり方は今のところしていないようだった。

あっという間にすべての球が出終わってしまい、ユズハさんは苦笑《くしょう》を浮《う》かべながらボックスの外に出てきた。

「あれぇ、こんなに当たんなかったっけなぁ。前はもっとポンポン飛ばしてたんだけどね」

「久々だからじゃないですか？」

「そうかなぁ」

ユズハさんはうーん、と唇《くちびる》を尖《とが》らせている。その様子は可愛《かわい》らしくて、年上のお姉さんと遊んでいるというよりは、同年代の女子と遊んでいるような気分になった。

「はい、じゃあ次沙優ちゃんね」

「へ？」

急にユズハさんにバットを渡《わた》されて、私はあたふたとしてしまう。

「私もやるんですか？」

「やりたくない？」

「いや、やりたくないってことはないですけど……」

「じゃあやろ」

ユズハさんが私にぐいとバットを渡す。受け取ると、思ったよりも重くて驚《おどろ》いた。

「ちょっと素振《すぶ》りしてみたら？」

「素振り……こ、こうですかね」

先ほどのユズハさんの見様見真似《みようみまね》でバットを振ってみると、やっぱり思った以上にバットが重くて、身体《からだ》が振り回されるような感覚があった。

「腕《うで》で振るとね、肩《かた》がやられちゃうから。腰《こし》の回転を意識するといいよ。こう、こう」

ユズハさんが私の後ろに回って、私に抱《だ》き着く形で、身体の動かし方を教えてくれる。

その通りに動かすと、なるほど確かに、さっきよりも重心がぶれないような気がした。

私が何度かの素振りを終えると、ユズハさんは私にボックスの中に入るよう言ってから、ボックスの外の機械にお金を入れて、いくつか操作をした。

するとボックスの向かいの壁から機械の動き出す音がし始める。どうやらもうすぐ球が飛んでくるらしい。

「始まったよー」

「はい……！」

何故《なぜ》かものすごく緊張《きんちよう》した。

一球目が飛んでくる。さっきユズハさんが打っていた球よりはさらに遅いように見えたけれど、どうしてもタイミングがつかめずに、バットを振ることもせずに球を見送ってしまった。

「振ってけ振ってけ～、ストライクとかないんだからさ」

「はいぃ」

間抜けな声でユズハさんの茶々に応答していると、また球が飛んでくる。

今度は思い切り振ってみたけれど、当たらなかった。

「惜《お》しい！」

次の球、そしてまた次の球。

どんどんと球は飛んでくるのに、まったくバットが球に当たらなかった。

だんだんと、悔《くや》しくなってくる。

どうして私はいつもいつも、上手《うま》くやれないのだろうか。

一球、また一球、私の振ったバットに当たらずに、球が通り過ぎてゆく。

「ラスト一球！」

ユズハさんの声でハッとする。

最後くらい……最後くらいは、当てたい。

集中して、球の動きをよく見て。

ガコンッ、という音と共に射出された球が、心なしか、先ほどまでよりもゆっくりになったように思えた。

今回はあたる！　そう思って、思い切りバットを振った。

バスッ！　という音がして、私の後ろの球受けに、球が吸い込まれる。

「……はっ」

口から、息が漏《も》れた。

結局空振りだった。

慣れないバッティングが上手くいかないくらいでなぜこんなにがっかりしているのか分からないけれど、私は妙《みょう》に脱力《だつりょく》してしまって、そのままその場でぺたんと座ってしまう。

気付けば、視界がぐにゃぐにゃに歪《ゆが》んでいた。涙《なみだ》まで、出てきている。

いつの間にか隣《となり》に来ていたユズハさんが、私の肩に手を置いた。

「……帰ることになったんだって？」

「……はい」

「帰りたくないんだ？」

「…………はい」

ユズハさんの口調はとても優《やさ》しくて、今ならどんなに甘いことを言っても許してくれるのだろうな、という予感を私に抱かせるものだった。

「肩痛くない？　ごめんね、急にこんなとこ連れてきて。すっきりするかなって、思ったんだけど……逆になっちゃったね」

「いえ、そんな……」

「ほら涙拭《ふ》いて」

ユズハさんが私にハンカチを差し出してくれる。私は首を横に振《ふ》って、自分の服の袖《そで》で涙を拭いた。

ユズハさんは呆《あき》れたように笑ってから、優しい声で言った。

「ベンチに座ってなよ。ちょっと飲み物買ってくる」

ユズハさんは私をバッティングボックスの外に連れ出した後に、近くにあったベンチを指さした。

そして、柔和《にゅうわ》に微笑《ほほえ》んで言う。

「あったかい飲み物飲みながら、ちょっと話そう」

彼女の言葉の温度感というのは本当に不思議で、こちらに強制してくる感じはないのに、ただ、「断る理由もないでしょ？」というようなさっぱりとした要求力もあった。

私はそれが心地《ここち》よくて、特に何かを考えるよりも先に、「はい」と、首を縦に振っていた。

バットを振っていた時の、あのどうしようもない無力感は、今はずいぶんと、和《やわ》らいでいた。

9話

家族

ユズハさんの買ってくれたあたたかいココアをちびちびと飲みながら、私は今の状況《じようきよう》をゆっくりと話した。

彼女は初めて会った時と同じように、適当に聞き流すわけでも、深刻すぎる表情で聞くわけでもなく、適度な温度感で相槌《あいづち》を打ってくれた。

私はただ一点、結子《ゆうこ》にまつわる出来事だけを避《さ》けて、過去の話も交えながら家族のことを話した。いくら親身になって話を聞いてくれるとはいっても、あれほど重い話を誰《だれ》にでも、というわけにはいかない。それに、こんな場所でまた吐《は》いてしまっては大変だ。

私が母さんのことを話す度《たび》、ユズハさんはなんとも言えない表情で私を見ていた。そして私がすべてを話し終えた後に、彼女は私の右手の上に、左手を重ねるようにして、ぎゅっと握《にぎ》った。

「なんか私、家族ってさ」

ココア
cocoa

ユズハさんが、バッティングセンターの天井《てんじょう》を見上げながら言った。

「『家族だから』って理由だけで、無条件で愛してくれるものだと思ってた。それが普通《ふつう》なんだ、って思ってたけど……そうじゃないんだなぁ」

彼女の素朴《そぼく》な感想に、私は胸が鈍《にぶ》く痛むのを感じた。

一般的《いっぱん》に、『家族』がそういうものだというのは、私もなんとなくで知っていた。ただ、それを実感するようなことは人生で一度もなかった。母さんは私のことを分かりやすく憎《にく》んでいたし、兄さんはそんな私を憐《あわ》れんで、優しくしてくれていた。

無条件の愛、それを感じたことがあるとすれば、それはむしろ……。

「吉田《よしだ》さんと私って、もしかしたら親子みたいな感じに見えたりしたんですかね」

私がふと、そんな言葉を漏《も》らすと、隣《となり》のユズハさんが目を丸くした。そして、すぐに噴《ふ》き出す。

「あっはっは、なるほどなぁ！」

ユズハさんは可笑《おか》しそうに声を上げて笑ってから、何度も何度も、頷《うなず》いた。

「そうか、家族か……そっかそっか……」

「な、なんですか？」

「いやね、まったくそんな発想なかったなと思って」

ユズハさんは私を見て、にんまりと笑った。

「二人の関係さ、会ったばかりなのにすごく近くて、でもあんまりお互《たが》いの深い部分は知らなくて、でもお互いに求め合ってて」

ユズハさんはゆっくりと言葉を紡《つむ》いだ。それはどこか、自分自身に言い聞かせているような言い方にも聞こえた。

「ただ、異性として求め合っているわけでもなくて……なんだか、よくわからない関係性だなって思ってたんだよ、私。でもそうか……突然《とつぜん》会った人と、急に家族になろうとしたら、そうなるのかもしれないね」

ユズハさんのその言葉に、私はハッとした。

吉田さんが、今までに出会ってきた『他《ほか》の男の人』と何が違《ちが》うのか、何度も考えたことがあった。吉田さんに対してはなぜか、出会ってすぐの頃《ころ》から他の人とは違う妙《みょう》な安心感を覚えていた。その安心感がどこから来るのか、私はずっと分からずにいた。

でも、ユズハさんの言葉を聞いた途端《とたん》に、急に視界が開けたように、吉田さんと自分の築いた関係性が見えたような気がした。

「そっか……吉田さんは私のこと、家族みたいに大切にしてくれたから……だから……」

家を出てから、私は常に『女』だった。『女子高生』であることを求められて、それを演じていた。いや……むしろ自分からそう思い込んで、その型にはまってしまったんだ。

でも吉田さんは、私のことを『子供』としか見ていなかった。それがなんだか不思議で、どこか安心して……。

「だからあんなに……あったかかったんだ……」

自然と、目尻《めじり》に涙《なみだ》がじわりと浮《う》かんだ。悲しいわけじゃない、でも急に感情があふれ出すのが分かった。

私はきっと、自暴自棄《じぼうじき》になりながら半年間も彷徨《さまよ》って……心のどこかで、『無条件の愛』を求めていた。

「吉田さんって……なんなんでしょうね……」

次々とあふれ出してくる涙を拭《ふ》きながら鼻声で私が言うと、ユズハさんは鼻から息を吐いた。

「私もわかんない……なんなんだろね、あの人」

ユズハさんは自然に私の頭に手を載《の》せて、そしてくしゃくしゃと撫《な》でてくれる。

「でも……出会えて良かったね、本当に」

ユズハさんのその言葉に、私はまた視界がぐにゃぐにゃに歪《ゆが》むのを感じた。

目をぎゅっと閉じて、無言で頷く。

吉田さんと出会えて良かった。

本当に、そう思っている。

だからこそ……怖《こわ》かった。

「吉田センパイと離《はな》れるの、怖い？」

私の心を読んだように、ユズハさんが私にそう訊《き》いた。

私は顔を上げて、頷く。いまさらこの人に何かを取り繕《つくろ》って話そうという気は起こらなかった。

「怖いです……すごく」

「そうだよね……本当の親よりも、親みたいにしてくれた人と、離れるんだもんね」

ユズハさんは何度か頷いて、そして、ゆっくりと言った。

「でも……センパイと沙優《さゆ》ちゃんは家族じゃない」

「……はい」

「家族じゃないから……難しい」

口ずさむようにユズハさんの言ったその言葉は、私の胸にスッと入り込んで、そして同時に、ずしりと響《ひび》いた。

そうだ、私は。

私はもう、『家に帰ること』と、『吉田さんと離れること』を切り分けて考えられていないんだ。どちらも、本当に恐《おそ》ろしいことのように思えた。

「……帰りたくないです」

私は自然と、もう一度、そう漏らしていた。

その言葉を聞いて、ユズハさんは再び、私の頭をくしゃくしゃと撫でた。

「……うん、そうだよね」

ユズハさんは優しい声で頷いてくれる。

そこから数分間、二人とも無言だった。私はぐすぐすと鼻を鳴らし、涙を拭く。私がそうしている間、ずっとユズハさんは私の頭を撫でてくれていた。

「何かを決めるときってさ」

ユズハさんが、ふと、口を開いた。

「どうしても猶予《ゆうよ》が欲しくなっちゃう。そういう生き物だと思う、人間って」

彼女の言葉は柔《やわ》らかい印象を伴《ともな》って私の耳に届いた。そしてじっくりと、私の胸に浸《しん》透《とう》してゆく。

「でもね、案外、本当に大切なことを決めるときほど、猶予がないんだよ。あーでもないこーでもない、って考えてる間に、タイムリミットは迫《せま》ってきちゃう」

ユズハさんはそう言って、私の頭に置いていた手を肩《かた》に移して、ぽんと軽く叩《たた》いた。

「私は他人だからこんなことが言えるんだけどさ」

顔を上げると、ユズハさんと正面から目が合った。彼女の表情は、真剣《しんけん》そのものだった。

「もう逃《に》げちゃダメだよ、沙優ちゃん。今が決着を付けるときだと思う、私は」

他人だから、と予防線を張った理由が分からないほどに、彼女の言葉は私に対して親身だった。

「怖いのは分かる。私も沙優ちゃんの立場だったら……絶対怖い。でもさ」

ユズハさんが、私の手を掴《つか》んだ。

「沙優ちゃんはもう一人じゃないじゃん」

彼女の言葉に、全身が震《ふる》えるのを感じた。

私は一人ではない。

そんな思いが、じわりと全身に根を張るように、広がる。

「吉田センパイがついてる」

そして、続いたこの言葉が、さらに私の胸を温かくした。

そうだ、今の私には吉田さんがいる。

吉田さんと離れるのは怖い。怖いけれど、でも、その勇気をくれるのは、きっと彼だ。

そして。

「……これだと他人任《ひとまか》せみたいだけど、まあ……私だって、応援《おうえん》はしてる」

「分かってます、分かってますよ……とても」

また涙が出そうになって、慌《あわ》てて顔に力を入れて、押しとどめる。さすがにこれ以上泣くのは、恥《は》ずかしかった。

応援してくれていない人が、こんな優《やさ》しい言葉をかけてくれるはずがないことくらい、言われなくても分かっていた。

ユズハさんは、右手で鼻の頭を掻《か》きながら、言う。

「……沙優ちゃんはもう気が付いてると思うから、言うんだけどさ」

彼女は今までよりも少し言いづらそうに、言葉を続けた。

「私は、その……吉田センパイのこと、こう……男性として好きだからさ」

「……知ってます」

「う、まあ、そう……そうだよね。だから、最初沙優ちゃんのこと知ったときは正直複雑だった……というか、うーん」

ユズハさんは頭をぽりぽりと掻きながら、少し顔を赤くしながら言う。

「今も……複雑っちゃ複雑なんだよね。さっきは二人のこと『家族みたい』って言ったけどさ。正直……もっと深い絆《きずな》で結ばれてるようにも見える。私からすれば。だからこう…

…うーん、難しいけど」

ユズハさんは私の方に視線をやって、なんとも言えない表情をした。

「私からすれば、沙優ちゃんはとっとと帰ってくれた方が嬉《うれ》しい存在なんだよね、多分」

「……はっきり言いますね」

「へへ……ごめん。でもさ、そういう理由だけで……言ってるんじゃないんだよ」

「分かってます」

私が頷くと、ユズハさんは少し照れ臭《くさ》そうに笑って、言った。

「憎めないよ、沙優ちゃんは。素直《すなお》で、一生懸命《いっしょうけんめい》で、笑顔《えがお》が可愛《かわい》くて」

彼女の言葉に、私も少し、顔の温度が上がる。

「多分、私が沙優ちゃんに言ってることってのはさ、究極を言えば、沙優ちゃんのために言ってるわけじゃないんだと思う。でも……」

ユズハさんはそこで言葉を区切って、息をふぅ、と吐《は》いた。

そして、ゆっくりと言った。

「私ももう、沙優ちゃんのこと好きだからさ。だからこそ、頑張《がんば》って……今より、良くなってほしい。あなたに、今、懸命に生きてほしい……って、思う」

「……はい」

「大丈夫《だいじょうぶ》だよ。今の沙優ちゃんには仲間がいるもの」

「…………はい」

結局、涙が溢《あふ》れて来た。

自分の感情から逃げて、親から逃げて。逃げてばかりの人生を送ってきたけれど。

逃げてきてよかった、と。

生まれて初めて、自分の人生を肯定《こうてい》できた気がした。

「うぅ……」

「ああ、ああ。またそんな顔ぐちゃぐちゃにしちゃって」

「だってぇ……」

涙が止まらなくなって、結局、私はユズハさんのハンカチを借りることになった。

＊

「おう、お帰り」

サユちゃんを吉田先輩《せんぱい》の家まで送ると、腫《は》れぼったい瞼《まぶた》をした先輩が出迎《でむか》えた。

「……もしかして寝《ね》てました？」

「ああ……まあ、ちょっとな」

彼の返答を聞かなくとも、先輩の顔は明らかに寝起きのそれだったので、私は少し笑ってしまう。先輩も連日サユちゃん関連でいろいろ起こって疲《つか》れているのだろうと思った。

「突《つ》っ立ってないで入れよ」

吉田先輩がサユちゃんを見てそう言ったのを見て、少し胸が痛んだけれど、私はその悪感情を意図的に押し殺した。

以前自宅でみっともなく号泣《ごうきゅう》してしまった後、私は一つのことを決めた。

それは、『サユちゃんと先輩の関係に嫉妬《しっと》しない』ということだった。これは妥協《だきょう》とか綺麗《きれい》ごととかではなく、あくまで自分の精神を健《すこ》やかに保つための重要な決定だと思っている。

先ほどサユちゃんにはそのまま伝えたが、私はなんだかんだで、すでにサユちゃんに思い切り感情移入をしてしまっていた。彼女は本当に良い子だし、先ほど聞いた話などを加味しても、今後必ず幸せになってほしい。

その気持ちと、サユちゃんと吉田先輩の関係性を羨《うらや》んでしまう気持ちは、脳内で平気で同居してしまう。どちらかを押し殺さなければ、どんどんと一人でつらくなるだけなのは分かり切っていた。

「ほら、風邪《かぜ》引《ひ》くよ。あったかくして寝なね」

サユちゃんの背中を押して、家に入るよう促《うなが》す。そして私は二人の様子をなるべく見ないようにしながら、軽く手を挙げた。

「それじゃ、私は帰りますね。また明日《あした》……いや、次の出社日に、です」

そういえば今日は金曜日だった、と思い直してそう言うと、吉田先輩はなぜか少し煮《に》え切らない表情を浮《う》かべた。そして、私に視線を送ってくる。

「ちょっと時間あるなら、上がってったらどうだ。その……サユの送り迎《むか》えしてもらったしな。コーヒーくらいなら出るぞ」

先輩の言葉に、私は自分の気持ちが分かりやすく舞《ま》い上がるのを感じた。けれど、ここはグッとこらえて。

このまま勢いで先輩の家に入れてもらったとしても、もっと近い距離《きょり》感の二人を見せられるだけだ。賢《かしこ》く立ち回らないといけない。

「いえ、サユちゃんもセンパイも疲れてるでしょうから、今日は遠慮《えんりょ》しておきます」

「そうか……じゃあ、せめて駅までは送ってくぞ。あんまり人気のある道でもないしな」

それは、願ったりかなったりの提案だった。

私は一呼吸おいてから、「じゃあ、お言葉に甘えて」と答える。

先輩はサユちゃんに「戸締《とじ》まりしっかりしろよ」なんてことを言ってから、部屋着の上から一枚厚手の上着を羽織って、家を出てくる。完全に外行きの服を着ている私と並んで歩くのに部屋着のスウェットのままで出てくるというのもいかがなものかと思わないでもないけれど、それでも私は嬉しかった。

「夜は肌寒《はだざむ》くなって来ましたね」

「そうだな、もうあっという間に冬が来そうだ」

私の言葉に、先輩は自分の肩を抱《だ》くような仕草をした。

冬が来て、年を越《こ》えたら、沙優ちゃんは18歳になる年に入る。そうなると高校生は、数か月で卒業だ。

けれど彼女は高校二年生の後半を丸々すっ飛ばして、高校三年生の間も現在進行中で学校をサボっている状態なわけだ。そのまますんなり卒業できるのかどうかは、私には分からなかった。

「サユちゃん、帰ったら上手《うま》くやれますかね」

私がぽつりと、口に出すと。吉田先輩は少しの間黙《だま》っていた。

私と先輩の足音が、夜道にゆっくりと溶《と》ける。

「普通《ふつう》にやっていけるように……応援してやりたい」

沈黙《ちんもく》の末、吉田先輩はそう言った。

「でも、実際にそこまで応援してやれるわけじゃない。俺にも、俺の生活がある」

「……そうですね」

「あいつがあいつ自身の今後に向き合えるかどうかは……あいつ次第《しだい》だ」

吉田先輩は一見、いつもよりもドライなことを言っているように見えた。けれど、その横顔を見れば、本当に「自分の力不足」といった感情を洩らしながらそんなことを言っているので、やはり彼らしいなと思ってしまう。

誰《だれ》だって、そうなる。と、思った。そしてすぐに、いや、誰だってそうなるわけではない、と思い直した。

都合の良いところは自分に引き寄せて考えて、都合が悪くなれば「いや、他人の人生だから」と突き放す。大人というのはそんなものだと思う。

でも吉田先輩は違《ちが》った。サユちゃんを匿《かくま》ったということについて、きちんと、必要なだけの責任を感じていて、それを全《まっと》うしようとしている。その姿は本当に格好良くて、私はまた複雑な気持ちになった。

ただ、やはり不思議なことに、二人の間を邪魔《じゃま》してやろう、というような気持ちにはまったくならないのだ。

それだけ二人の間には明確な絆があって、それは絶対に不可侵《ふかしん》なものであるというのが分かり切っているのかもしれない。

私は、素直な気持ちを口にした。

「サユちゃんには……センパイが必要ですよ、絶対」

私が言うと、吉田先輩は驚《おどろ》いたようにこちらに視線をやった。

「どういう意味だよ」

「そのまんまの意味です。サユちゃんは大人びてますけど、やっぱり子供なわけですから。今は、あの小さな体に勇気を振《ふ》り絞《しぼ》るためのパワーは全部、吉田センパイに外注してる形になってると思います」

「……なるほど、そうか」

いやいやそんなことないだろ、と首を横に振ると思っていたのだけれど、意外なことに吉田先輩はすんなりと納得《なっとく》したようだった。

「……俺がしてやれることって、なんなんだろうな」

彼の中での今の悩《なや》みは、そこに尽《つ》きるようだった。

一緒《いっしょ》にいてあげるだけでいいのに、と思うけれど、多分今彼が欲しい答えはそういう漠《ばく》然《ぜん》としたものではないのだろう。

私は大変軽い気持ちで、そして軽い口調で、言ってみた。

「ついて行ってあげたらいいんじゃないですか、北海道」

「は？」

吉田先輩があからさまにぽかんとするので、私は失笑《しっしょう》した。

「そんなに驚くことですか？　帰る勇気がないって言ってるんだから、吉田センパイがついて行ってあげたら少しは勇気出るかもしれないですよ」

「いやいや他人の俺がそこまですんのもおかしな話だろ、向こうの家族からしたら。それに俺がいない間、仕事の方はどうすんだよ」

「いまさら『他人』もクソもないでしょうに。これだけ巻き込まれておいて……仕事の方は橋本《はしもと》さんとか遠藤《えんどう》さんとか小池《こいけ》さんとかが協力すればなんとかなりますよ、多分、一週間くらいなら……それに、頼《たよ》れる後輩《こうはい》もいることですし？」

胸を張ってみせると、吉田先輩はとても間抜《まぬ》けな顔で数秒黙ってから、噴《ふ》き出した。

「何が頼れる後輩だよ、ったく……」

先輩はそれだけ言って、私の提案に対して、どうするかは口にしなかった。

けれど、案外アリかもしれない、と思っていそうだと感じた。完全に彼の中にない発想だったのであれば、言った甲斐《かい》はあったというものだ。

私も、サユちゃんには絶対に幸せになってほしいと思う。けれど、そのために私が手助けできることは少ない。

それに……吉田先輩にも、彼の中の『サユちゃん』という存在を正しく認識《にんしき》してほしいと思った。子供のように愛しているのか、それとも、本当はそうではないのか。

彼の中で曖昧《あいまい》なままサユちゃんとの別れを迎えてしまえば、きっと彼はこの後大変に苦しむことになるように思う。

私は、自分自身も絶対に後悔《こうかい》したくないし、身の回りの大切な人が後悔に苦しんでいる姿を見るのも、嫌《いや》だった。

今は吉田先輩に対する恋愛《れんあい》感情よりも、二人の結末が、どういう形であっても幸せであってほしいと、本気で思っている。

「センパイ……頑張《がんば》ってくださいね」

自然と、そう零《こぼ》していた。

吉田先輩は少しの間を置いてから、「おう」と答えた。

そして、小さな声で。

「ありがとな」

と言った。

今はその言葉だけで、十分だと思った。

会話が途切《とぎ》れると、肌寒さがやけに気になった。ぶるる、と身震《みぶる》いをして、夜空を見上げて。

まだ秋に差し掛《か》かる頃《ころ》だというのに、冬が近いなぁ、なんてことを、考える。

10話　追想

土曜日。

前日に三島《みしま》と夜まで出かけていたこともあってか、普段《ふだん》は俺よりもだいぶ早く起きる沙《さ》優《ゆ》も、今日ばかりはよく眠《ねむ》っていた。

俺より先に起きていなくとも、たいてい俺がベッドから身体《からだ》を起こす音で沙優も目を覚ます……というのが、休日によくあることなのだが、今日は俺がベッドをきしませても、起きることなく布団《ふとん》の中ですぅすぅと寝息《ねいき》を立てている。

その寝顔は穏《おだ》やかなもので、悪夢にうなされている様子もないので、少し安心した。

時計を見ると、午前10時を回った頃だった。

そっとベッドから下りて、台所へ向かう。起きたばかりだが、ちょっとした空腹感があった。

冷蔵庫に何か入っていたか確認《かくにん》していると、急にインターホンが鳴ったので肩《かた》がびくりと跳《は》ねた。

慌《あわ》てて沙優の方を見ると、彼女はそれでも目を覚まさなかった。

ほっとして、そのまま玄関《げんかん》に行き、ドアを開けた。

「はい、なんすか……あ」

「お世話になってます」

家の前に立っていたのは、一颯《いっさ》だった。

「どうしました」

「いえ、その後の沙優の様子が気になったのと……今回は吉田《よしだ》さんに用事が」

「俺に？」

俺は一旦《いったん》玄関から出て、扉《とびら》を閉めた。

「疲《つか》れてるのか、今沙優は爆睡《ばくすい》してるんで、ちょっと外で」

俺が言うと、一颯も頷《うなず》いた。そして、俺をじっと見てから言う。

「朝食はとられましたか？　良ければ今から食事でもどうでしょう。少しあなたにお話ししておきたいことがあります」

そう言われて、断る理由は特になかった。

「分かりました。そしたらちょっと着替《きが》えて来ますんで、少し待っていてください」

俺はそそくさと家の中に戻《もど》り、なるべく音を立てないように外出着に着替えた。その間も、何度か寝返りを打ったりしたものの、沙優は目を覚まさなかった。

ひげを剃《そ》ろうかと迷ったが、髭剃《ひげそ》り機の音を鳴らせばさすがに沙優を起こしかねないと思ったので、やめる。

財布《さいふ》と携帯《けいたい》だけポケットに突《つ》っ込んで、家を出た。

＊

「お好きなものを頼《たの》んでください。御代《おだい》はこちらで持つので」

「は、はい……」

まさか、明らかに高級なフレンチに車で連れていかれるとは思っておらず、俺はついついあご髭を触《さわ》ってしまう。剃ってくれば良かった、と思った。

目の滑《すべ》るメニュー表からなんとか自分の好みに合いそうな料理を見つけて、それを注文する。

少し経《た》つと食前のドリンクが運ばれてきて、それにちびちびと手を付けだした頃に、一颯はおもむろに口を開いた。

「まずは、前回お伺《うかが》いした際に、大変失礼なことを申し上げてしまったことをお詫《わ》びさせてください」

急に一颯が頭を下げたので、俺はあたふたしてしまう。

「いやいや、頭上げてください。大丈夫《だいじょうぶ》ですから」

「いえ……妹を快く受け入れてくださった方に対して、大変失礼なことを」

「いや、むしろ本気で心配してることが分かって嬉《うれ》しかったですから」

俺が言うと、一颯は頭を上げて、俺をじっと見た。そして、少し気の抜《ぬ》けた笑《え》みを浮《う》かべた。笑い方が少し、沙優に似ていると思った。

「本当に不思議な方ですね……普通《ふつう》、あなたくらいの歳《とし》の男性が女子高生を拾って、そこまで親目線になるものでしょうか」

「……むしろ、身体目当てで女子高生に近づく大人の方が俺は信じられないが」

「同感です」

一颯は数回頷いて、ドリンクを口に含《ふく》んだ。やはり、どこか安心したような様子がにじみ出ていた。

「沙優があなたのような人に出会えたのは僥倖《ぎょうこう》だと思います」

「いや、そんな」

「大げさに言っているわけではないんです」

口元は微笑《ほほえ》んでいるが、明らかに一颯の表情が曇《くも》るのが分かった。

「〝あのまま〟逃避行《とうひこう》を続けて、吉田さんのような人に出会わずに、どんどん他人を信用できなくなっていっていたら……」

一颯はそこで言葉を区切ってから、俺をじっと見つめた。

「あいつはきっと、取り返しのつかない心の傷を負って、それを一生背負い続けることになるかもしれなかった」

前回一颯と会った時に、俺は彼に訊《き》くことをしなかったが、今の言葉だけで、彼が沙優の今までの旅路の仔細《しさい》をすでに把握《はあく》していることは容易に察することができた。

「沙優は、本当にぎりぎりのところで吉田さんに出会えたんです」

「そう言ってもらえるのは光栄……というか、なんというかですけど……。まあ、俺も結局あいつの現状維持《いじ》に付き合っただけになってしまったというか……お兄さんが来なければ、ずるずるとあいつの家出を継続《けいぞく》させていたと思います」

俺がそう言うと、一颯は小さく息を吐《は》いてから、少し笑って、小さく首を傾《かし》げた。

「あの……とても月並みな質問になってしまうんですけど」

一颯はそう前置きしてから、俺に問うた。

「どうして、そこまで……沙優に優しいんでしょうか。それこそ、あいつが可愛くて、欲《よく》情《じょう》して……というところから、その建前として優しくするのなら、納得はできるのですが」

つまり、沙優と付き合いたい、とか、沙優とヤリたい、とか、そういう目的でないのに、何故《なぜ》彼女に優しくするのか、ということを訊かれているのだろう。

「たまたま出会った家出高校生に、なぜ、そこまで」

一颯にそう訊かれて、俺は息を深く吸った。

その明確な答えを、俺は、自分でも分かっていなかった。

そもそも、なぜあの日、俺は沙優を家に上げてしまったのだろうか。

「あの日は……酒に酔《よ》ってたんですよ」

俺は、自分の心の中を整頓《せいとん》するように、一つ一つ、言葉に出した。

「お恥《は》ずかしながら、失恋《しつれん》をしまして……はは、やけ酒して、その帰りでした」

俺の言葉を、一颯は真剣《しんけん》な表情で聞いている。そんな顔で聞く話でもないのに、と思いながらも、茶化すことはできなかった。

「路上にうずくまってたあいつに、どこから目線かわからん説教をした俺に対して、あいつ言ったんすよ……『ヤらせてあげるから泊《と》めて』って」

俺がそう言うと、一颯は息を呑《の》んだ。念のため、はっきりと言葉にする。

「もちろん、断りましたよ、それは」

俺の言葉に、一颯は何度か首を縦に振《ふ》ってから、安堵《あんど》したように息を吐いた。

「でも、俺は……あいつを泊めました」

そうだ。俺はあの日、なぜだか、あいつを家に泊めた。

こんなに長く……沙優と暮らすことになるなんて、あのときは思っていなかったはずだ。

「……分からないんですよね。どうしてなんだ」

一つ一つ、思い出す。

酒を飲んでいたから、記憶《きおく》も曖昧《あいまい》だけれど、それでも必死に、かき集める。

昏い夜道、微妙《びみょう》な加減で光る電灯。そして、その下にうずくまる女子高生。

少し短いスカート、思い切り見えている黒いパンツ。

『おい、そこの。そこのＪＫ』

声をかけた俺を見る沙優のぼんやりとした目線。

温度感の薄《うす》い、その表情。

息を呑んだ。

「……やっぱクソですよ、俺」

俺が急にそう言うと、一颯は困惑《こんわく》したように、首を傾げた。

「どういうことですか？」

一颯の疑問に対して、俺は苦笑して、答えた。

「あの日のことを、順を追って、思い出したんです」

失恋して、酔っ払《ぱら》って、ぐちゃぐちゃになった思考の中、俺は沙優を見つけた。

「俺が声かけて、ふっと顔を上げたときの沙優の顔……思い出したんです」

俺の言葉を、一颯は黙《だま》って聞いていた。

あのときは、JKと夜道で長話をしているところを誰《だれ》かに見られたら難癖《なんくせ》つけられてしまいそうだ、とかなんとか、そんな事を考えていたような気がする。

そんなのは、ただの言い訳だ。

俺は。

「……電灯に照らされたあいつの顔……めっちゃ綺麗《きれい》だったんですよね」

俺が、そう言うと、一颯は小さく息を吸った。

それはそうだ、俺が今まで彼に話してきたこととは、正反対のことを言った。

俺も、驚《おどろ》いている。でも、きっとこれは真実だ。俺がずっと目を背けてきた、本当のことだ。

「だから多分、俺、失恋して、寂《さび》しくて……そんな時に急に目の前に現れた〝綺麗な女子高生〟を見て……気を許しちゃったんですよ」

ずっと疑問だった。

酒に酔っていたとしても、それなりの倫理観《りんり》を持っていたはずの自分が、どうして女子高生を家に上げたりなんてしてしまったのか。

それが犯罪に当たることも知っていた。

沙優のバックグラウンドを知って、感情移入をしたのも、あいつを泊めた翌日のことだ。

あの日、あいつを泊める理由なんて、なんにもないはずだった。

でも、実のところの理由は本当にシンプルで、くだらなくて、自分が抑圧《よくあつ》した、クソみたいな感情だった。

「どれだけ正義を気取って粋《いき》がっても……俺は多分、沙優が〝可愛かったから〟、あいつを泊めたんです」

俺はそこまで言い切ってから、ため息をついた。

「ああ……本当にクソだ」

そう呟《つぶや》いて、そして、何故か、続いて笑いが漏《も》れた。

不可解そうに俺の表情を見ていた一颯に、俺は、深く考えるよりも先に、言っていた。

「でも、やっと分かって……すげぇスッキリしました」

俺がそう言うと、一颯は数秒きょとんとした顔で俺を見てから、急に、噴《ふ》き出した。

「ははっ」

「え、なんすか……」

一颯はひとしきり可笑《おか》しそうに笑った後に、言った。

「いやぁ、なんというか本当に……信じられないほど素直な人だ」

よほど可笑しかったのか、目尻《めじり》に少したまった涙《なみだ》をすくってから、一颯は言葉を続ける。

「普通《ふつう》、今、このタイミングで僕にそんなこと言いますか？　あなたの立場が危うくなることくらい、大人なら分かるはずだ」

俺を糾弾《きゆうだん》する言葉。けれど、そこに乗っている感情は明らかにマイナスではなかった。

「でも、あなたは言うんですね、馬鹿《ばか》みたいに、正直に……」

俺は、なんと答えたら良いのか分からず、首の後ろを掻《か》いた。

「いいと思いますよ」

一颯は言った。

「男なんて、可愛い女には弱いもんです。そんな下心を隠《かく》して、立派なことばかり言うヤツより、よほど好感が持てる。それに……」

一颯はそこで言葉を区切ってから、俺の目をじっと見た。

視線が絡《から》み合う。数秒の間があいて、彼はふっと笑って、言った。

「そんな感情で泊めたはずのあいつに、あなたは手を出さなかった。それは、やはり、とても大きなことです……あなたが思っているより、ずっと」

一颯の言葉に、俺は腹の奥の方が少しだけ熱くなるような気持ちになった。

俺は何をしているのか。

これは正しいことなのか。

沙優を家に泊めるようになってから、ずっと、ずっと……考え続けていた。

それを、今まで沙優を大切に想ってきた人物から、肯定《こうてい》されたような気がした。

目頭が熱くなるのを、ぐっとこらえる。こんなところで泣き出すわけにはいかない。

「ふふ、でもそうか……沙優が可愛かったから泊めた……か、ふふふ」

また思い出したように一颯は笑う。

「やっぱり、あなたもクズですね」

一颯のその言葉は、明らかに俺を責める意味合いを持ったものだった。けれど、そこに宿った感情は、俺をからかうようなもので。

俺も、失笑して、頷《うなず》いた。

「ええ……本当に」

「でも、同じクズでも、やっぱり、その日にあいつに会ったのが吉田さんで良かったんですよ……きっと」

一颯はそこまで言ってから、急に真面目《まじめ》な表情になった。

そして、何かを決心したように、息を吸ってから。

「……あいつは、小さいころから親に愛されない子供でした」

と、俺の目を見ながら言った。

それはおそらく、言葉にはしない、俺に対する信頼《しんらい》の表れで。

そして、沙優の、きっと沙優が語らなかった過去の開示の前置きだ。

「……詳《くわ》しく訊《き》かせてもらってもいいですか」

彼の意図を汲んだことをしっかりと伝えるよう、俺も真剣に、そう言った。

一颯は頷いてから、ゆっくりと話し出す。

沙優の父親は言わずとも知れた、『おぎわらフーズ』の社長だった。そして当時おぎわらフーズに勤務していた沙優の母と、どういうきっかけで仲良くなったのかは一颯も知らないらしいが、とにかく二人は出会って、そして結ばれた。

母は専業主婦となり、一颯を身籠《みご》り、産んだという。

その頃は沙優の母にとっても幸せの絶頂期であったようで、一颯は大変愛されて育ったという。しかし、そんな幸せな時期は数年間で終わった。

沙優の父は大変に浮気性《うわきしょう》で、とにかく見た目の美しい女性が好きだったらしい。一颯が言うには、沙優の母親も大変美人で、そういった意味では一颯も父親が母とひとまず結ばれた理由については納得《なっとく》だそうだ。俺は苦笑《くしょう》してしまう。

そうなると続きは聞かなくても容易に想像ができたが、一颯は丁寧《ていねい》にその後のことも語った。

沙優の父親は、だんだんと沙優の母親に興味をなくしていった。だというのに、ときどき思い出したように夜の営みだけは行っていたのだという。

「そして、母は沙優を身籠りました」

そう言った一颯の表情は、嬉しそうにも、悲しそうにも見えた。実際、その両方の感情が彼の胸の中で渦巻《うずま》いているのだろうと思う。

「しかし、父はもう母を愛してはいませんでした」

その言葉が冷たく響《ひび》く。

「そして、母もそれに、気が付いていました」

一颯は淡々《たんたん》と、語った。

第二子を妊娠《にんしん》したと分かった時、沙優の父は、真っ先に中絶を提案したという。悲しいことだが、当然だとも思った。愛していない人の子供を育てようと思えるはずもない。

しかし母は、それに反対した。母にとって、二人目の子供は、父親との愛を繋《つな》ぎとめる最後の頼みだったのだ。

そして夫の反対を押し切って、沙優の母は、本気で沙優の父を愛していたのだ。

「その結果……父は母の下《もと》を去りました。今は別の女性と再婚《さいこん》していますが、上手《うま》くやっているのかどうかは知りません。何しろ、ああいった性質ですから……」

ああいった性質、というのは、面食いで、浮気性なことを指しているのだろう。一颯はすべてを諦《あきら》めたような様子で、淡々と語る。

「母にとって、父との愛の結晶《けっしょう》であったはずの沙優は、一転して、父が母を愛さなかった証《あかし》となってしまいました。その後のことは……おそらく沙優から聞いたことと思います」

俺はすぐに口が開けない。

沙優からは、母親の沙優に対する態度があまりにひどいということしか聞いていなかったが、こんな話をされてしまえば、母親のことだけを悪く言う気にはなれない。

正直に言って、俺から見て沙優の父親はクソ野郎《やろう》に他《ほか》ならなかったが、だからといって沙優が母親から愛されなかった理由が父親だけにあるのかと問われれば、そうとも言い切れないとも思った。

　様々な事情と感情が絡《から》み合って、沙優は不幸を背負ってしまったのだ。

「……やるせねぇ」

　ようやく出た言葉はそれだった。

　一颯も、無言でそれを、肯定《こうてい》する。

「沙優も小さい頃は、無邪気《むじゃき》な子でした。笑顔が可愛《かわい》くて、元気いっぱいで。けれど、母は徹底《てってい》して彼女を愛さなかった。それが分かる歳になった頃には、沙優は母の前でほぼ笑顔を見せない子供になりました」

　一颯はそこまで言って、テーブルの上に置いていた拳《こぶし》を、ぐっと握《にぎ》った。

「僕はそれが……本当に悲しかった」

　そう言った彼の表情は、本当に苦しげだった。

「僕だけは沙優を愛してやろうとずっと思っていました。実際そのようにしてきたつもりです。でも……」

　一颯は深く息を吐《は》いて、首を横に振《ふ》った。

「僕では足りなかった。僕は常に沙優の孤独《こどく》を感じていました」

　そう言ってから、一颯はゆっくりと目を閉じて。

「……子供には、親の愛が必要だ」

と、言った。

その言葉は、とても重く俺の心に響いた。

俺はずっと親から愛されて育ってきたと思う。だから、本当の意味で、親から愛されなかった子供の気持ちを理解することはできないと思う。

しかし、小さいころからずっと親に愛されずに、まるで敵を見るような目で見られながら育ってゆくことを想像すると、想像するだけでも恐《おそ》ろしかった。

子供は、親以外の誰《だれ》を頼《たよ》って生きれば良いのだろうか。

「そういった意味では」

スッと、一颯の視線が俺に向いた。

「吉田さん、あなたは沙優にとっての……生まれて初めての、親のような存在だったのかもしれない」

そう言って、一颯はもう一度深々と頭を下げた。

「……ありがとうございます。沙優を……大切にしてくれて」

「いや、そんな」

頭を上げてください、と言おうとして、一颯の肩《かた》が震《ふる》えているのが目に入って、言葉を呑《の》んだ。すぐに、一颯はポケットからハンカチを取り出して、自分の目に押し当てるようにした。

「すみません」

「いえ……大丈夫ですよ」

一颯は、本気で沙優のことを考えている。それは、今までの切実な語り口で明らかに伝わってきた。

これだけ沙優のことを想《おも》っている一颯が、彼女を実家に連れ戻そうとしているのだ。その後のことがどうなるかは別として、それを俺が阻止《そし》するという発想は消えてなくなってしまった。

とはいえ、やはり沙優の気持ちを優先したいという気持ちもあった。

「沙優は……多分、まだ家に帰る決意は固まってないと思います。俺も……どうにかして後押ししてやりたいとは思ってますけど、でも……話を聞く限りでは、彼女が自発的に帰りたいと思える家ではないですよね」

俺が最大限気は遣《つか》いつつも、下手にぼやかさずに言うと、一颯もゆっくりと首を縦に振って、同意した。

「それは、僕もそう思います。けれど……これ以上家出を長引かせれば、家に帰った後の沙優の扱《あつか》いがもっとひどくなりかねない。どのみち、未成年の沙優が家に帰らずにいるわけにはいかないんですから」

「……そうですね」

一颯の話では、沙優の安否はＰＴＡが気にしだしているという。もし半年以上も家出をして行方《ゆくえ》が分かっていない、というようなことになれば、確実に大問題となるだろう。

そうなれば今度こそ、俺もタダでは済まない。

倫理《りんり》に反することはしていないと胸を張って言えるが、法律には明確に反しているのだ。

そこまで考えたうえで、「それでも俺のところに置いておいてやる！」と無責任に言うことはできないし、言ったところで一颯は認めないだろう。

「……残り数日ですが、沙優のことをよろしくお願いします」

一颯は少ししんみりとした口調で、そう言った。

「……はい」

俺もそれに対して、真剣《しんけん》に頷《うなず》く。

二人の会話が途切《とぎ》れたのと同時に、料理が運ばれてきた。

一颯は先ほどまでとはパッと表情を変えて、俺に微笑みかける。

「さて、暗い話はここまでにして、食事にしましょう。ここの料理は何を食べても美味《おい》しい」

「じゃあお言葉に甘えて……いただきます」

俺も暗い雰囲気《ふんいき》を引きずらないようになるべく明るい声で、答える。

なんだかよく分からない名前のトマトソースパスタを頼《たの》んだが、一口食べただけで、明らかにファミレスなどのパスタとは次元の違《ちが》う美味しさだということが分かった。

朝起きてすぐの空腹感が思い起こされて、俺は夢中でパスタを頬張《ほおば》った。

＊

「では、また。次は沙優を迎《むか》えに来ます」

「それまでに、俺もできることは頑張《がんば》ります」

食事を終えると、一颯はまた俺を車に乗せて家まで送ってくれた。

そして、軽い挨拶《あいさつ》を交《か》わしてから、一颯の車は発進する。車が見えなくなるまで見送って、俺は家に戻《もど》った。

玄関《げんかん》の鍵《かぎ》を開けて、家に入ると、居間でちょこんと座っている沙優が目に入った。

沙優はこっちをじっと見て言った。

「おかえり。どこ行ってたの？」

「ただいま」

俺は靴《くつ》を脱《ぬ》いで、居間に戻る。

「沙優の兄貴と、おフレンチ食べに行ってた」

俺がそう答えると、沙優は驚《おどろ》いたように目を丸くしてから、「そうなんだ」と漏《も》らした。

「今起きたのか？」

「う、うん……ごめんね、いっぱい寝《ね》ちゃった」

「謝ることじゃねぇだろ。休日だしな」

「うん……」

沙優は煮《に》え切らない返事をして、黙《だま》ってしまう。

俺は家の中で外出用の服を着ているのが気持ち悪く、さっさと着替《きが》えを始めた。

思い返せば、沙優が来たばかりの頃《ころ》は、服を着替えるだけでも少しそわそわしたものだが、最近はすっかり慣れてしまった。

俺が部屋着に着替え終わった頃に、沙優が口を開く。

「……兄さん、何か言ってた？」

「何かって？」

俺が訊《き》き返すと、沙優は困ったように視線を床《ゆか》に落とした。

「何かは……何かだよ」

沙優のその様子が可愛らしくて、俺は失笑《しっしょう》した。

「別にお前の悪口なんか言ってなかったよ」

「それは……まあ、兄さんはそういうこと言わないから」

「むしろ、お前のことほんとに愛してるんだなって思ったよ、あの兄ちゃん」

「愛……！　いや、まあ……」

沙優は顔を赤くしておろおろした後に、少し声を小さくして、頷いた。

「そうだね……すごく大切にしてくれてる」

「あれだけ大事にしてくれてる人との連絡《れんらく》を絶ったのは、さすがに反省したほうがいいと思うぞ……いや、お前の気持ちも分かるけどな」

「うん……それはもう、反省してる」

しゅんとする沙優を見て、また不必要な説教を垂れてしまったと俺も反省する。本人が重々分かっていることを改めて言うのは無駄極《むだきわ》まりない。

「……なあ、まだ怖《こわ》いか？」

俺が訊くと、沙優は視線を低いところに落としてから、ゆっくりと頷いた。

「……うん。怖い」

「そうか……そうだよな」

俺もそれを、肯定する。怖くないはずがないと思った。

「多分……いつまで経《た》っても、あそこに帰るのが怖くなくなる日は来ないと思う」

「……そうかもな」

「でもね」

沙優はふと視線を上げて、俺を見た。その瞳《ひとみ》はどこか心強くて、俺も目が逸《そ》らせなくなる。

「帰らなきゃいけないことは、分かってるんだ」

「……そうか」

俺はなんとも言えない気持ちになって、ひとまずの相槌《あいづち》を打った。

「あとは覚悟《かくご》を決めるだけ……それだけなんだけど」

沙優の言葉が少しだけ、震えた。

「でもやっぱり……こわいなぁ」

「……そうだな」

ここに来たばかりの頃よりも、沙優は自分の気持ちを素直《すなお》に口に出すようになったと思う。

　それはきっと良い変化で、俺はそれが嬉《うれ》しかった。

　ここに来てから沙優はいろいろな変化をしたと思う。それが成長なのか、もしくは退化なのか。決めるのは彼女自身だと思うが、俺とかかわることで沙優の中で何かが変わって、その結果彼女の人生がより良いものになるのだとしたら、それはとても素敵なことだと思う。

　あと数日で、俺はこいつに、何をしてやれるのだろう。

　そんなことを考えながら沙優を見ていると、沙優が急に視線を上げて、目が合った。

「でもひとまずは、いつも通りのことしっかりやるよ」

　沙優のその言葉には、先ほどまでの不安な感情は乗っておらず、何かがリセットされたように潑剌《はつらつ》としていた。

「家事とバイトを頑張って、それが終わったらゴロゴロして、あさみが来たらお喋《しゃべ》りして……」

　沙優はそこまで言って、穏《おだ》やかな表情を浮《う》かべた。俺はその表情に少しだけ、見惚《みと》れてしまう。

「ここでしかできない日常を……あと少しだけ楽しんでもいいよね」

あと少しだけ、という沙優の言葉に、ずきりと胸が痛んだのを感じた。

とっくに分かっていたことだというのに、やはり彼女との生活のタイムリミットを意識すると、心が苦しかった。

「吉田さん、何か食べたい料理があったら言ってね。腕《うで》によりをかけて作っちゃうから！」

「あ、ああ……」

元気にそう言って笑う沙優を見て、俺も暗い雰囲気にならないように頷いた。

「そうだな、食べたいものができたらすぐ言うよ」

「そうして！」

沙優は力強く首を縦に振《ふ》って、立ち上がった。

「よし、寝坊《ねぼう》しちゃったしまずお洗濯《せんたく》から頑張ろ」

沙優は自分を鼓舞《こぶ》するようにそう言ってから、洗濯機の方へ向かって行った。

その後ろ姿を見て、俺はどこか、妙《みょう》なもの寂《さび》しさを覚えたのだった。

11話　証明

沙優《さゆ》との毎日はあっという間に過ぎていった。

仕事は必ず定時に終わらせて、帰ってからはなるべく長い時間、沙優と話した。

沙優はいつもよりも力の入った料理を作ってくれて、毎回、とても美味しかった。

「レシピ書いたノート置いておくから、たまには自炊《じすい》もしたほうがいいよ」と沙優が言うのに「助かる」と頷きながら、沙優がいなくなることに対する現実感のなさから目を逸らした。

本当に今週、沙優は北海道に帰ってしまう。

沙優の兄が訪ねてきた土曜日以来、俺はつとめて沙優に対して「覚悟ができたか」という質問を投げかけないようにしていた。沙優も同じく、俺に対してその類の話題は持ち出さなかった。

この1週間は、どこかいつもより〝大切に〟日常を過ごしているような、そんな感覚がした。沙優がどう思っているのか俺には分からないが、なんとなく、彼女も同じことを思っているのではないかと、勝手にそんなことを考えていた。

「あのね、今日は行きたいところがあるんだ」

夕食中に、急に沙優がそんなことを言ったので、俺は一旦箸《いったんはし》を置いた。

「こんな時間からか？」

訊くと、沙優はこくこくと頷いた。

「この時間じゃないとダメなんだよね」

沙優はそう言ってから、すっくと立ちあがって、カーテンを少し開けて空を見た。

「……良かった、晴れてる」

「？」

頭の上のはてなマークが消えない俺に、沙優はにこりと笑って言った。

「星を見に行かない？」

「星？」

「そう、星。すごく綺麗《きれい》に見えるところがあるんだよ。あさみに教えてもらったの」

「ああ……昨日の夜、夕食前に二人でどっか行ってたのはそれか」

「うん、前に一回連れて行ってもらったことがあったんだけど、場所ちゃんと覚えてなかったから……」

沙優はそう言ってから、ポケットからスマートフォンを取り出した。

「昨日もっかい連れてってもらって、場所記録してきた」

そう言って地図アプリを開いて見せる沙優。

そこまでして俺にその星空を見せたかったということなのだろうか。

「……分かった、じゃあ食い終わったら行くか」

俺が頷くと、沙優は嬉しそうに笑いながら「うん」と首を振った。

そういえば、学生の頃なんかは、部活の夜練を終えて帰る途中《とちゅう》、空を見上げるとよく星が見えたなぁ、なんてことを思い出す。

大人になり、ここに越《こ》してきてから、星が見えるかどうかなんて気にしたことは、もしかすると一度もなかったかもしれない。

沙優が俺に見せたがっている星空というのがどんなものなのか、少しワクワクしてきた。

夕食を終えて、煙草《たばこ》を一本吸った後、俺は沙優と一緒《いっしょ》に家を出る。

「歩いて行ける距離《きょり》なのか？」

「ちょっとだけ遠いけど、全然歩いて行ける距離だよ。20分くらいかな」

「20分か。まあ食後のいい運動だな」

ちらりと時計を見ると、まだ20時を回ったくらいだった。

星を見てゆっくりするとしても、まあ常識的な時間に帰ってこられる程度の時間ではあるので、ひと安心だ。

「意外と、街灯で明るいところでも星って見えるんだね」

ふと、隣《となり》の沙優が言うので、その言葉につられるようにして空を見上げると、確かに空には星が浮かんで見えた。雲はほとんどなく、綺麗だった。

「ほんとだな。あんまり気にしたことなかった」

俺が言うと、沙優はくすくすと笑う。そして、続けて、ぽつりと言った。

「東京に来たばっかりの頃は、『あんまり星が見えない街だな』って思ったのを覚えてる」

「それは……北海道と比べてってことか？」

俺の質問に、沙優は静かに首肯《しゅこう》して答えた。

「そう。向こうは、ほんと、嫌味《いやみ》なくらいに星が綺麗だった」

沙優はそう言いながら、どこか遠くを見つめるような表情をした。きっと、以前のことを思い出しているのだろう。星空以外のことも……思い出しているのだろう。

「でも小さいころからあの星空に慣れてたから、こっちに来たときは驚《おどろ》いた。こんなに星が見えないことってあるんだなって」

「そうか」

興味がないわけではないが、つとめて、感情が漏《も》れないように相槌を打った。きっと、その方がいいと思ったからだ。

「でも、そんなことが気になったのは最初だけ。その後はだらだらと逃亡《とうぼう》を続ける方法ばっかり考えてたから、星のことなんてすぐ忘れて、都会に馴染《なじ》んじゃった」

「……そうか」

淡々《たんたん》と語る沙優。横顔を盗《ぬす》み見《み》るが、特別悲壮《ひそう》感が漂《ただよ》っているわけでもなかった。

もう彼女の中では、今までのつらい道筋も、「過ぎたこと」として処理されているのかもしれない。そうでなければ、こうも淡々と語れることではないように思えた。

どうあっても、彼女はもう、一歩足を踏《ふ》み出した。

過去に心を囚《とら》われて、ぐずぐずとくすぶっていたところから、未来へ向けて歩き出そうとしている。

そんなことを考えながら沙優の横顔を見ていると、ふと、沙優が顔を上げて俺の方を見た。

「だからね、この後行くとこで、あさみに星を見せてもらった時、すごくびっくりしたの

「……都会でもこんなに綺麗に星が見えるところがあるんだなって」

沙優の言葉を聞きながら歩いていると、気が付くと辺りはもう俺の知っている「近所の道」ではなくなっていた。

「都会だから星が見えないいんじゃなくて、見えないところにいるから見えないだけだったんだなぁって、思ったんだよね」

まだ家を出てから10分も歩いていないくらいの地点にいるはずだ。

けれど、何年もここに住んでいる俺でも、もう自分がどこにいるのか正確には分からない。

会社に向かい、仕事をして、それが終われば帰宅して、寝《ね》る。その繰《く》り返《かえ》しの中では、自分の家の徒歩圏内《けんない》に「星が見える場所」があるなんてことも、気付くはずがない。

「吉田《よしだ》さん」

「うん？」

呼ばれて沙優の方を向くが、彼女はじっと、進行方向に視線を固定したままだった。

ただ、意識だけはこっちに向かってきているのは、なんとなく感じ取れる。

沙優は静かに言った。

「多分、どこへ行っても……本当の意味で何かが変わることってないんだと思う」

沙優のその言葉に、俺は小さく息を呑《の》んだ。

彼女の言わんとしていることは、まだ理解できない。けれど、彼女の言葉には、有無を言わせない不思議な重さが宿っていた。

きっと、沙優は、本当に「理解して」、その言葉を発したのだ。

「環境《かんきょう》が変われば、関わる人が変われば……少しでも、楽になれるって、楽になったって……そんなふうに救いを求めて逃《に》げ続けて来たけど」

沙優は、淡々と言葉を続ける。落ち着いた声色。

「でも、やっぱり私自身が変わらないといけないんだって……ようやく、本当の意味で気付けた」

沙優はそう言ってから、すっと、俺の方に視線を寄越《よこ》した。

「吉田さんや、吉田さんの周りの人たちのおかげだよ」

「……そうか」

まっすぐ言葉を伝えられて、俺はなんとも言えない気持ちになって、沙優から視線を逸《そ》らした。

今日の沙優との会話で、少しずつ、実感していることがある。

それは……きっと、彼女が一歩を踏み出すための答えは、もうすでに、彼女の中にあるのだろうな、ということだ。

あとは、「形のある過去」である母親の下に帰る勇気だけが、必要なんだ。

「よし、あと半分くらい歩けば着くよ！」

「もうそんなに歩いたのか。案外近く感じるな」

「話してるとすぐだよね。じゃあ、この坂を登るからね」

そう言って沙優が指さしたのはゆるやかな坂の入り口だった。明らかに道は小さい丘《おか》の方へ向かって行っている。

「……もしかして、着くまでずっと上り坂か？」

「そうですね」

「おいおい……オッサンに運動させるねぇ」

俺の言葉に、沙優はくすくすと笑った。

その笑顔を横目に見て、この笑顔ともあと数日でお別れなのか、というようなことを、考える。

少しだけ胸が痛むのを、俺はつとめて、気にしないようにした。

＊

「はー、着いたぁ」

「思ったよりきつかったな……」

丘を登り切ると、肌寒《はだざむ》い夜であるにもかかわらず、うっすら汗《あせ》をかく程度には身体《からだ》はあったかくなっていた。

「こんなとこを女子高生二人で、チャリで来たのかよ」

「それ私も思った……気付かなかっただけで、あれ電動自転車だったのかな」

そんなことを話しながら、丘の頂上にあった公園の芝生《しばふ》へと二人で入っていく。

「吉田さん、ここだよ」

沙優は芝生の真ん中で、先にごろりと寝転《ねころ》がって、仰向《あおむ》けになった。

「うわ、地面冷たっ」

「おいおい、服汚れるんじゃないか」

「いいよ、洗濯《せんたく》するの私だし。ほら吉田さんも、はやく」

沙優に促《うなが》されて、よいしょ、と芝生に尻《しり》をついて、そして仰向けに寝転ぶ。

そうすると、目の前に星空がバッ、と広がった。

「うわ……」

思わず、声が漏れる。

想像していたよりもずっと、綺麗《きれい》に星が見えた。

「綺麗でしょ」

隣の沙優が、少し自慢《じまん》げに、そう言った。

「ああ……」

こんなに明るく光る星を見たのは、本当に久々のことのように思えた。

「ねえ、吉田さん」

横に寝転ぶ沙優が、ぽつりと言った。

辺りは静かで、小さな声でも、よく聞こえた。

「ここに来た時、あさみが話してくれたんだ」

「何を?」

「星空から見たら私たちなんてちっぽけな存在だけど、それでも、一人一人にちゃんと歴史があって、未来もあるんだ……って」

「ふっ」

俺が思わず噴《ふ》き出すと、沙優の視線が俺の横顔に刺《さ》さるのが分かった。

内容がおかしくて笑ったわけではない。

「あいつ、つくづく高校生っぽくないなと思ってさ」

「ああ……ふふ、すごく……大人っぽいよね」

「すまん、話遮《さえぎ》っちゃったな」

「ううん、大丈夫《だいじょうぶ》」

沙優はまた星空に視線を戻《もど》して、言葉を続けた。

「それを聞いてさ、その時は……なんか安心して泣いちゃったんだよね」

「安心した？」

「そう……あさみはさ、私のひどい過去のこと、肯定《こうてい》してくれたんだよ。それでもちゃんと生きてきて、頑張《がんば》ったよねって」

沙優はしみじみと、そう言った。

その通りだ。沙優は高校生が受け止めきれるとはとうてい思えないような悲しい過去を背負って、それでも「救い」を求め続けた。他人から認められるような道筋でなかったとしても、彼女が少しでも「今より良くなろう」とあがいた事実は、消えることはない。

「でもね、今思うと」

沙優は、少し震《ふる》える声で、つぶやく。

「それは〝赦し〟でもあるけど、どうしようもない〝現実〟でもあるんだと思う」

沙優の言葉は、星空に吸い込まれるようにして、静かに響《ひび》いた。

俺は黙《だま》って、沙優の言葉を、聴《き》いている。

「私がこれから何年生きても、関わる人が変わっても……私がこうして、こんなところまで逃げて来たっていう歴史は、私の中に残り続ける」

「……そうだな」

「他の誰《だれ》が許してくれても、肯定してくれても、事実はずっと残る。ただ逃げ出したいって気持ちだけで、とても大事なものをいっぱい捨ててきたこと。自分のことを大事に思ってくれている人に背を向けてきたこと……」

思わず、沙優の横顔を見る。

明らかに、自分にも負荷がかかる話を、彼女は淡々《たんたん》とし続けている。

つらくないのだろうか、と思って彼女を見たが、すぐに、そんな気持ちは消えた。

彼女の瞳《ひとみ》には星空が反射して、とても綺麗だった。そして、星空が反射しているから……という理由だけでは説明のつかない、どこか不思議な〝強い光〟を、俺は感じ取った。

「消えないんだよ、私が犯した間違《まちが》いは、ずっと」

沙優はそこまで言ってから、すっと俺の方を見た。その視線はどこか大人びていて、俺はドキリとしてしまう。

「でもね、吉田さん」

言いながら、沙優は俺の手を握《にぎ》った。沙優の手は、とても冷たい。

「……それでも私は、最悪な逃避行《とうひこう》の最後で……吉田さんに会えたよ」

沙優の目から、視線が離《はな》せない。

沙優と見つめ合ったまま、彼女の言葉を待つ。

「吉田さんに会えなかったら、私は自分の間違いからずっと目を逸らし続けて、もっと最悪なところまで行ってたかもしれない」

もっと最悪なところ、というのが何を指すのかは、俺には分からない。しかし、その言葉は本当にそのままの意味なのだろうということだけは分かった。

「吉田さんと出会って、全部が〝良くなった〟の。もうこのまま抜《ぬ》け出《だ》したくないくらい、幸せなの」

「……」

その言葉は、俺の耳の奥をぐらりと揺《ゆ》らす。

「ずっと……ここにいたいって、思ってるよ」

沙優は、俺の目を見つめたまま、ゆっくりとそう言った。

俺は、なんと言葉を返せばいいのか。

俺が何かを言おうとして、やめて……と繰《く》り返《かえ》している間に、沙優はくすりと笑って、言った。

「でもね……私はここにいたらダメなんだ」

「……え？」

俺が思わず間抜《まぬ》けな声を上げると、沙優はまた視線を星空に戻した。

彼女と俺の手は繋《つな》がれたままだ。いつの間にか、沙優の手に、俺の手の温度が移って、あたたかい。

「ずっとここにいたら、私は結局過去と向き合わないまま……決着をつけないまま……逃《に》げっぱなしで終わることになっちゃう」

そう言って。

ぎゅう、と沙優の、俺の手を握る力が強まった。

「荻原《おぎわら》沙優の歴史は、逃げっぱなしの歴史になっちゃうの。そしたら……」

沙優の目尻《めじり》から、涙《なみだ》がすっ、と伝うのが見えた。

彼女は、切実に、何か大切な感情を吐露《とろ》しようとしていた。

俺は、聞くことしかできない。いや、それが今の俺の役目なのだと思った。

沙優が、涙を浮《う》かべた瞳で、俺を見た。

「そしたら……吉田さんと出会ったことも、きっと無駄《むだ》になる」

その言葉は、ずしりと、心にのしかかるように、響いた。

沙優は、泣きながら、けれども微笑《ほほえ》みながら……ゆっくりと言葉を紡《つむ》いでゆく。

「私、吉田さんと出会って良かったたって、本気で思ってる。いや……思ってるんじゃない、〝分かってる〟の」

沙優は身体を起こして、もう片方の手も、俺の手に重ね合わせた。

上から覗《のぞ》かれるような形で、俺は沙優と目を合わせる。

「私、吉田さんと出会って、良かったんだよ」

沙優は、はっきりとそう言い切った。

じわりと、胸の奥が温かくなる。

俺も……。と、言葉を発そうとする前に、沙優がまた言葉を続けた。

「だから」

彼女の瞳に宿る力が強くなったのを感じた。

ずず、と洟《はな》をすすってから、沙優は言った。

「私はそれを証明しないといけないって思った」

「……証明？」

「そう、証明。私の人生において、吉田さんと出会ったことが良いことだったたって。自分が納得するだけじゃなくて、誰にでも見えるような形でそれを証明するんだよ。そしたら、そしたら……」

沙優はそこまで矢継《やつ》ぎ早《ばや》に言ってから、深く息を吸い込んだ。

そして、ふっと微笑んで、口ずさむように言った。

「そしたら私は、多分、一人でも生きていけるよ」

そう言った彼女の表情は、高校生のそれではないように見えた。

一人の大人の女として……俺の目には映った。

……ああ、そうか。

深く息を吸って、吐《は》く。

謎《なぞ》の高揚《こうよう》と、そして、それと相反するような静かな凪《なぎ》が心の中にあった。

沙優の言葉を聞いて、彼女の表情を見て……理解した。

もう、沙優は大丈夫だ。

一人で歩いて行くための力を、蓄《たくわ》えたのだ。

「……そうか」

俺は少し自分が鼻声になっているのに気づかないふりをして、頷《うなず》いた。

「それで、誰にでも見えるような形でそれを証明するっていうのは……どうやってやるんだよ」

訊《き》くと、沙優はくすりと笑って俺を見た。

「分かるでしょ、それは」

沙優はそう言って、ぎゅ、と俺の手を握る。

「ちゃんと家に帰って、過去にけじめをつけて……大人になるってこと」

沙優の言葉に、もう一度、胸を締《し》め付《つ》けられた。

それは、完全に〝覚悟《かくご》を決めた〟言葉であったからだ。

ようやく、沙優の口から、自発的に、そう言った言葉が出たのだ。

俺は、その事実に震えた。

「ずっと考えてた。この逃避行で、私が得て帰るものってなんだろうって」

沙優は俺の目をじっと見たまま、言った。

「ようやく心から安心できる人と出会えて、でも、その人とも離れ離《ばな》れになって……それで私は何を得たことになるんだろうって、こわくなった。でも……」

ぎゅっと、俺の右手を、沙優の両手が握りしめた。

視線が絡《から》み合う。

そして、沙優は、〝にへら〟と笑って、言った。


「私、吉田さんと出会えたから」


それは、さっきも聞いた言葉だった。

でも、彼女がもう一度そう言った意味は、よく分かった。

「ああ……」

胸の奥に熱いものがこみ上げるのを、必死で抑《おさ》えた。

「吉田さんと出会えたっていうただそれだけを、私は〝持って帰る〟よ」

沙優はそう言い切って。

そして深呼吸をしてから、また俺の横に寝転《ねころ》がった。

「だから……応援《おうえん》してよ」

小さな、小さな声で、沙優がそう言った。

「……するに決まってんだろ」

俺も小さな声でそう答えると、沙優はくすりと笑って、無言になった。

二人で、長い間、星空を眺《なが》めた。

途中《とちゅう》から、星空がにじんで、はっきりと見えなくなった。

目の奥が、熱い。

沙優はあと2日で、北海道に帰る。

12話　親友

「あ、やべ。携帯《けいたい》の充電《じゅうでん》切れてら」

昼休みに、ポケットからスマートフォンを取り出すと、電源が入らなくなっていた。そういえば昨日の夜に充電をしておこうと思って忘れていた。

「あらら、でもセンパイどうせ持っててもスマホ大して使ってないでしょ」

「まあ……確かに」

三島《みしま》に指摘《してき》されるが、俺は曖昧《あいまい》な相槌を打つ。

実際、三島の言う通りで、俺がスマートフォンを使うのは残業や同僚《どうりょう》との外食で帰宅が遅《おく》れるときに沙優に連絡を取るときくらいのものだ。しかし、大事な日が迫《せま》っている状況《じょうきょう》で、沙優《さゆ》と連絡が取れなくなるのはなんとも不安だった。

「というか充電器持ってきてないんです？」

「ベッドの上のコンセントに差しっぱなしだ」

「あらぁ……私のはセンパイのとは規格違《ちが》うしなぁ」

三島のその言葉で、俺はふと、橋本《はしもと》のスマートフォンのことを思い出す。

「そういや橋本」

「うん、僕のは多分規格同じじゃないかな。持ってきてるから後で貸すよ」

「たすかる。まあ夕方までに充電できれば大丈夫《だいじょうぶ》だから」

「了解《りょうかい》」

橋本は返事をしながら、ズズッ、と社食の味噌汁《みそしる》をすすった。

そして、思い出したように俺の方を見た。

「明日だっけ？」

「何が？」

「沙優ちゃんが帰るの」

「ああ……」

橋本から沙優の話題を振ってくることは珍《めずら》しく、案外こいつも沙優のことを気にかけてくれているんだなと思った。

「そうだな。明日だ」

「そうかぁ……寂しくなるねぇ」

「お前は別に面識ないだろ」

「違うよ、吉田《よしだ》がだよ」

橋本にぴしゃっと言われて、俺は思わず言葉に詰《つ》まってしまう。

「俺は……」

「毎日家に帰ったらおかえりって言ってくれてご飯とお風呂《ふろ》用意してくれてた人が急にいなくなるんだよ。絶対寂しいって」

ダメ押しのように橋本に言われて、俺は完全に言葉を失った。

「沙優ちゃん帰ったら、家事も全部自分でやることになりますしね。寂しいだけじゃなくて、大変になりますねぇ」

三島も何やらにやにやしながら、ここぞとばかりにいじってくる。

いつもなら声を大きくして言い返すところなのだが、今日はなぜかその力が湧《わ》いてこなかった。

「そうだなぁ……」

俺が気の抜《ぬ》けた返事をすると、二人は顔を見合わせてから、苦笑《くしょう》した。

「まあ、今日も定時に帰って、最後の時間を満喫《まんきつ》しなよ」

「満喫……ね」

どうあっても、今日が沙優との共同生活の最終日だ。

最後の日を、どう締《し》めくくってやれば、あいつは前向きな気持ちで家に帰ることができるのだろうか。

そんなことを考えながら昼食をとっていると、あっという間に午後の始業時間になってしまった。

今日もそれなりに片付けなければならないタスクは多い。集中して終わらせないと、定時に間に合わなくなってしまう。

食堂からデスクに戻《もど》り、急いで仕事を再開した。

＊

定時が近づいてきた頃《ころ》には、ほぼほぼ今日のタスクを終えることができていた。

ふと仕事への集中が途切《とぎ》れたタイミングで、俺は自分のスマートフォンのことを思い出す。そういえば、充電が切れていたのだった。

「橋本、充電器借りていいか？」

「ああ、そういえば……」

橋本もすっかり忘れていたようで、自分のデスクの引き出しから充電器を取り出して、手渡《てわた》してくれる。

「助かる」

「使い終わったらここに戻しておいて」

橋本が、今取り出した引き出しをコンコンと叩《たた》くのを見て、俺は無言で頷《うなず》いた。橋本は部署全体のタスクが大変なことになっている時以外は、本当の意味で『定時ぴったり』に帰るので、物を借りた時は事前にどこに置いておけばいいか聞いておかないとお互《たが》いに面《めん》倒《どう》なのだ。

コンセントを差して、充電器をスマートフォンに取り付ける。少し経《た》つと、真っ黒な画面に充電マークが大きく現れた。この状態で数分待つと、勝手に起動するはずだ。

一旦《いったん》スマートフォンは置いて、残りの仕事に集中する。

そして、ちょうど今日のタスクをすべて処理し終えたタイミングで、再起動を知らせるバイブが、俺のスマートフォンから発せられた。

特に何の連絡《れんらく》も来ていないだろうと思いながらも画面をタップして、通知を確認《かくにん》する。

しかし、予想に反して、今日は三つも通知が来ていた。

一つは、不在着信の通知だった。番号は沙優からのもの。なんだろう、と思ったが、留守番電話は残っていないので、特に緊急《きんきゅう》の用事ではなかったのかもしれない。しかし、緊急の用事でないのならメッセージで十分なはずだ。
不審《ふしん》に思いつつ、他《ほか》の通知も確認すると、今度はあさみからのメッセージだった。
その内容を見て、俺は背中に冷や汗《あせ》がじわりとにじむのを感じた。

『吉田っち、今日って沙優ちゃんどっか出かけてんの？　インターホン何回鳴らしても出ないんだけど』

というメッセージの数分後に、もう一件。

『え、なんか鍵《かぎ》開いてるし、沙優ちゃんもいないけど。どうなってんの？　メッセージ送っても既読《きどく》つかない。何か知ってる？』

俺は反射的に、デスクから立ち上がってしまう。近くのデスクに座っていた全員の視線が俺に集まるのを感じた。
しまった、と思って座りなおすが、呼吸は浅くなり、嫌《いや》な汗が止まらない。

「どうした？」

隣《となり》の橋本が訝《いぶか》しげに俺に視線を送ってきた。

俺は震《ふる》える声で、答える。

「沙優がいなくなったらしい。1時間前くらいに電話があって、それ以降連絡がない。沙優と仲のいい女子から、家に沙優がいないって連絡が入ってる」

「……それって、大丈夫なの？　前早退した時みたいに、危ない目に遭《あ》ってたりとか……」

「分かんねぇ。とりあえず沙優に連絡とらないと」

俺が慌《あわ》ててスマートフォンをタップし始めると、橋本が俺の腕《うで》を突然《とつぜん》握《にぎ》って、それを止めた。

「なんだよ」

「それは移動しながらやればいいよ。帰る準備しな」

「は？　いや、まだ定時じゃ」

俺が口を開こうとすると、橋本が今までにない剣幕《けんまく》で俺の言葉を遮《さえぎ》った。

「何言ってるんだよ、仕事どころじゃないだろ。吉田はさ、自分にとって今何が一番大事なのかもっと考えるべきだ。ほんとは分かってるんだろ」

橋本は言うだけ言って、デスクから立ち上がって、小走りで後藤《ごとう》さんのデスクに向かった。

そして、ここまで聞こえるような声で、言う。

「ちょっと体調悪いんで早退します。吉田も体調ヤバそうなんで送っていきます」

橋本のあまりに堂々とした嘘《うそ》に、後藤さんは数秒間戸惑《とまど》った様子をしていたが、俺の方にも視線を何度か送ってから、なんとなく状況を察してくれたのか、「分かりました」と答えた。

「上には私から伝えておくから、帰っていいわよ。でも……責任は自分たちで取るのよ」

「はい、ありがとうございます」

明らかな嘘で早退するのだ。確実に、上からはよく思われないだろう。そう言った意味での「責任」という言葉だと思った。

橋本のガラになくスピーディな行動に、俺がぽかんとしていると、すぐに橋本が戻ってくる。

「ほら、なにボサッとしてんの。行くよ」

「あ、ああ……」

「お先失礼します！」

およそ体調を崩《くず》している人とは思えない音量で橋本が挨拶《あいさつ》をすると、明らかに困惑《こんわく》した口調で同僚たちが「お疲《つか》れ……」と返してくる。俺も続いて「失礼します」と言って、そそくさと会社を出た。

橋本の車に乗り込んで、シートベルトをすると、橋本はいつもより早口に俺に訊《たず》ねてくる。

「吉田、家の場所変わってないよね」

「ああ……そういえば車でうちに来たことあったんだったな」

いつだったかに、奥さんを連れて俺の部屋に遊びに来たことがあったのを思い出す。

「変わってないよ」

「わかった。大体覚えてるから、細かい道だけ指示して」

手短に言って、橋本は車を発車させる。

数分間、無言で運転を続ける橋本になんと声をかけるべきか迷った末に、俺は「ありがとう」と言った。

橋本は、返事をしなかった。

またもや二人の間に沈黙《ちんもく》が漂《ただよ》ったが、数分後に、橋本がそれを破った。

「なんか、ムカつくんだよね」

「え？」

普段《ふだん》橋本のあまり言うことのない、強い言葉に驚《おどろ》く。橋本は前を向いたまま、続けた。

「正直、吉田が女子高生を拾ったって言い出したころから、なんとなくこういう展開になるんだろうなって思ってたよ、僕は」

「こういう展開っていうのは」

「君の頭の中がその子でいっぱいになる、ってことだよ」

橋本に言われて、俺は絶句した。

「いや、そんなことないだろ」

「そんなことある。無自覚なのが余計にタチ悪いんだよ、小学生じゃあるまいし……」

橋本が少し乱暴に右折したので、俺はバランスを崩して助手席の窓に頭をぶつけそうになった。

「最近の君の頭の中は沙優ちゃんのことばっかりだ」

橋本は呟《つぶや》くように言った。

「それ自体が悪いことだとは思わないよ。話を聞いている限りでは、君は立派にその子を守ってる。法律から考えればまあどう見てもアウトだけど、人間としては悪いことじゃないと……友達としては思う」

「じゃあ、何が」

何がムカつくんだ、と訊《き》こうとすると、再び橋本が乱暴に十字路をカーブした。ガクン、と車が揺《ゆ》れて、今度は本当に窓に頭をぶつけた。

「もうちょい丁寧《ていねい》に運転できねぇのか」

「急いでるからね」

橋本は悪びれもせずそう言ったが、絶対にわざとだ。

「吉田にとって大事なことはとっくに分かりきってるのに、それに気付いているはずなのに、君はギリギリまで、つとめてそれに気付かないようにしてる。それが本当に、ムカつく」

橋本は怒《いか》りを隠《かく》しもせずに、そう言った。橋本は普段から本当に温厚《おんこう》で、仕事の愚痴《ぐち》を言っている時ですら、ヘラヘラと笑っているような奴《やつ》だった。

その橋本が、明確に『怒《おこ》っている』のだ。それは、付き合いの長い俺でも初めて見る姿だった。

「あの状況《じょうきょう》で何が仕事だよ。駆《か》けつけたくてたまらない顔してたくせに」

橋本は吐《は》き捨てるように言って、一瞬《いっしゅん》だけ俺を横目に見た。

「本当に大切なことは、自分で気が付かないと、手遅《ておく》れになるぞ」

それだけ言って、また前方に視線を戻《もど》した橋本。

俺は、その言葉を胸の中で反芻《はんすう》した。

本当に大切なことは、自分で気が付かないと、手遅れになる。

それは、今の俺にとってはものすごく、重要な教訓のように思えた。

「沙優ちゃんを一人で家に帰すのは心配なんだろ」

橋本が言った。

俺はすぐに返事ができない。ただ、それは事実だと思った。

「でもそれは建前だよ」

橋本が言った。

「もちろん、沙優ちゃんが心配なのもあるんだろうね。でもそれだけじゃない」

橋本はそこで言葉を止めた。

ちょうど、信号が赤になる。車が停《と》まり、橋本は俺の目を射貫《いぬ》くように見つめた。

「君は沙優ちゃんと離《はな》れること自体を嫌がってる」

その言葉に、俺は自分の心臓を素手《すで》で摑《つか》まれたような気持ちになった。内臓がきゅっと痛むような感覚。

「いや、俺は……あいつが今後幸せにやっていければ、それで」

「じゃあ、幸せにやっていけると思ってるのかい？　そのまま家に帰ってさ」

図星だった。

俺が考えているのはただその一点だ。

彼女が家に帰らなきゃならないことは、分かっている。そうせざるを得ない状況になってしまったのだ。

でも、それで解決するのは結局、彼女の母親の都合だけなのだ。

こんなところまで逃《に》げてきて、せっかく素直な笑顔《えがお》が見られるようになったというのに、実家に戻ってまたその笑顔が失われるのかと思うと、気が気ではなかった。

「全部、顔に出てる」

橋本に言われて、俺はハッとした。

「分かるんだよ……親友のことは」

信号が青になって、橋本は再びアクセルを踏《ふ》んだ。

また、お互《たが》いに無言になる。

そして、また俺は同じ疑問に立ち返った。

俺は、沙優に対して何をしてやればよいのだろうか。そして、そもそも当の本人は今どこに行ってしまったのだろう。

おそらく、危ない目に遭っているということはないのだろうと思った。沙優がいなくなる、という事態はもうすでに何回も経験したが、そのどれもが沙優の自発的な行動によるものだったからだ。それに、今日というタイミングから考えても、沙優が自発的にいなくなったと考えるのが妥当《だとう》だと思った。

「行くアテに目途《めど》はついてるの？」

橋本が投げ捨てるように訊ねてくる。

「いや……まあないでもないが、総当たりだな……」

俺が答えると、橋本は失笑《しっしょう》した。

「そりゃ大変だ」

橋本は一言だけ言って、少しだけアクセルを踏む足の力を強めた。

気付けば、もう最寄《もよ》り駅の隣駅《となりえき》の街並みだった。

「車の方が電車より速いのか」

「カーブが多い路線だからね、吉田の最寄り駅は。ひとまず家に送ればいいの？」

「ああ、助かる」

「探すのも車でやろう。そっちの方が早い」

「……ありがとう」

「礼は沙優ちゃんを見つけてからでいいよ」

橋本はそう言ってから、少しトーンを落として、言葉をつづけた。

「吉田……本当に大切なことがあるのなら、脇目《わきめ》も振らずにやれることをやった方がいい。もう君たち二人は、お互いにとって必要な存在になってしまっているよ。心配なら、ついていくなりなんなりすればいいじゃないか」

「ついて行くって、北海道までってことか？」

「そうだよ」

「お前までそんなことを……」

俺が首を横に振《ふ》ると、橋本は失笑した。

「なに、三島ちゃんにも同じこと言われたって？」

「なんで三島だって分かったんだよ……」

「いや、言いそうだなって」

橋本の洞察眼《どうさつがん》は鋭《するど》い。もしかすると、橋本も、仕事の面も含《ふく》めて、三島の性格には気が付いているのかもしれない。

「仕事はなんとかなる。というか、仕事なんてお金をもらうためにやってるわけで、どうにかならなくたって知ったこっちゃないでしょ」

「いや、それはあまりにも無責任すぎるだろ。俺はもうプロジェクトの中核《ちゆうかく》にいるんだ」

俺が言い返すと、橋本はまた横目で俺を見た。

「そういうことなら、沙優ちゃんのことだって同じだ」

橋本の語気は強かった。

「君はもう沙優ちゃんの問題の中核に踏み入ってしまってるんだよ。そして、沙優ちゃんに必要とされてしまっている。その状態で、はいそれじゃあ北海道では一人で頑張《がんば》ってね、っていうのは無責任じゃないのかな」

「……それは」

「同じだ。なんにも違《ちが》いはない。あとは君にとって、どっちの方が大事なのか、ってことだけでしょ」

橋本はそこまで言ってから、小さくため息をついた。

「……なんでこんな子育てみたいな諭《さと》し方しないといけないんだ」

「……悪い」

ここまで言われて、自分の気持ちに気付かないほど、俺も馬鹿《ばか》ではなかったようだった。

黙《だま》ってしまった俺に対して、橋本はもう一度言った。

「仕事の方は、大丈夫《だいじようぶ》でしょ。吉田がいい感じにマニュアル残してくれてるから、練度が必要なタスクは僕と遠藤《えんどう》あたりでやって、新しいことは三島ちゃんにやらせればなんとかなるよ」

「そうか……」

「これ以上はもう言わない。あとは自分で決めたらいいよ」

橋本はいつもの穏《おだ》やかな口調に戻って、そう言った。

「ここ左折で合ってたっけ？」

急に橋本に訊かれて、ふと車窓に意識をやると、もう見慣れた町に差し掛《か》かっていた。最寄り駅だ。

「ああ、ここで左折で合ってる」

「案外覚えてるもんだなぁ」

橋本はスンと鼻を鳴らして、俺の家への道をすいすいと運転していった。

すぐに俺の家の前に着いたので、橋本には「少し待っててくれ」と言って、自宅への階段を駆け上った。

玄関《げんかん》を開けようとすると、鍵《かぎ》がかかっていて、鍵を開けて、玄関を開けると居間に座っているあさみが見えた。

「お前がいてくれたのか」

「鍵開いたまま留守はまずいっしょ」

「助かった」

「沙優ちゃんは……まあその様子じゃ見つかってないわな」

　あさみはため息をついて、首を横に振った。

「一応、私の思い当たるところには全部行ってみたよ、バ先にも行ったし、ウチと沙優ちゃんだけが知ってる場所にも行ってみた。まあでも、いなかったね」

「一応訊くけど、矢口《やぐち》は？」

「矢口はまだシフト入ってる。コンビニ行けば会えると思うけど」

「いや、働いてるならいいんだ。万が一沙優が連れ去られるようなことがあるんだとしたら、心当たりはそこしかない」

「信用ねぇなー、あいつ。まあ前科あるしネ」

　あさみは俺に慌《あわ》てた様子の文面でメッセージを送ってきた割には、どこか落ち着いた様子だった。

「ずいぶん落ち着いてるな」

「ウチが慌てたってしょうがないっしょ」

「まあそうだけど……もしかしてお前が匿《かくま》ってたりしないよな？」

「そんなことしないよ、沙優ちゃんのためにならないもん」

じっとあさみの目を見たが、嘘《うそ》をついている様子はない。

「俺はもう少し心当たりのある場所を探してくる。……悪いんだけど」

「いいよ、どうせ帰ったってそわそわするだけだし。ここにいるよ」

あさみは察しが良く、俺が頼《たの》む前から快諾《かいだく》してくれた。沙優がもし戻ってきたときのために、家に誰《だれ》か一人は人がいてほしかった。

「じゃあちょっと、行ってくる」

「あい、見つかるといいね」

あさみはそう言って軽く手を振った。

玄関を飛び出して、再び橋本の車に戻る。

……どこにいるんだ、沙優。

奥歯を噛《か》みしめながら車に乗り込んで、橋本に、思い当たる箇所《かしょ》をすべて伝えていった。

なんとしても、探し出さなければならないと思った、そんなタイミングで。

急に、俺のスマートフォンが鳴った。

13話 共有

「あの二人、どうしたんだろうねぇ」

近くで他《ほか》の役員と話していた代表が、その話を終えたのか、ゆっくりと私のデスクに向かってきた。

私はなんとなく察しはついていたものの、代表に伝えるような内容ではないので、首を傾《かし》げて見せる。

「なんでしょうね……まあ、明らかにあれは急用ですよね。どう見ても体調が悪そうには見えなかったですし」

「だねぇ」

代表はいつもの呑気《のんき》な口調で、頷《うなず》いた。怒《おこ》っている様子はないけれど、元々この人はあまり感情の起伏《きふく》が表情に出ないタイプの人だ。心の中であの二人をどんなふうに評価しなおしているかは、分からない。

「普段《ふだん》は本当にまじめに働いている二人ですから、まあ何かのっぴきならない事情があったのかと。私からも後で言っておきますので……」

「ああ……いいよいいよ、大丈夫」

代表は片手を上げて私の言葉を遮《さえぎ》った。

「あの二人が大変優秀《ゆうしゅう》に仕事をしてるのは僕も知ってるからね。そんな二人をぎゅうぎゅうに後で締《し》め上げて、辞《や》められでもしたらたまらない」

のんびりとした語り口で、代表は言った。

「仕事より大事なことがあるなら、先に片付けてもらわないとね。彼らにはまだまだ仕事をしてもらうんだから」

「……そうですね」

私は自然と微笑《ほほえ》んで、頷いた。

こういう代表の下《もと》だからこそ、この会社は比較的《ひかくてき》若いメンバーばかりで成長して来られたのだろうと思う。私の『専務』という肩書《かたが》きも、年齢《ねんれい》からしても性別からしても、他の会社の人間に話すと驚《おどろ》かれることの方が多い。

「じゃ、ぼちぼち上がるよ。後藤《ごとう》さんもほどほどにね」

「私もそろそろ上がろうかと思います。お疲《つか》れ様でした」

挨拶《あいさつ》を交《か》わして、代表は自分の執務《しつむ》室へと戻《もど》ってゆく。姿が見えなくなるまで見送ってから、私も帰り支度《じたく》を始める。

吉田《よしだ》くんが定時も近づいているあの時間に、あれだけ血相を変えて帰ったということは、おそらく沙優《さゆ》ちゃんに何かがあったのだろう。場合によっては何か手伝えることがあるかもしれないので、会社を出たら連絡《れんらく》を取ってみようかと思う。

「お疲れ様でした」

挨拶をして、定時を少し過ぎた時間に執務室を出た。

一応スマートフォンを確認《かくにん》するけれど、吉田くんから特に連絡はない。

すでに問題が解決しているならいいけれど、まだであれば、何か手伝えることがないか考える。

ひとまず、連絡をしてみるのが先決かと思い、会社のエントランスを出たところで、吉田くんに電話をかけようとした。

まさにその時。

エントランスを出た正面に、見たことのある女の子が立っていた。

制服を着た沙優ちゃんが、そこにいた。

「あ、後藤さん……」

「沙優ちゃん？」

私は自分のスマートフォンと、沙優ちゃんを交互《こうご》に見比べて、ひとまずスマートフォンはカバンにしまって、沙優ちゃんに歩み寄った。

「どうしてこんなところに？」

「あの、吉田さんってまだ会社の中ですか？」

「……やっぱり会ってないのね」

「え、やっぱりってどういうことですか？」

私も大変困惑《こんわく》していたけれど、当の本人はもっと困惑している様子だった。

「ここに来ることは吉田くんには伝えてあるの？」

「一応お昼休みの時間に電話はしてみたんですけど、繋《つな》がらなくて……どうせ会社に来るんだったら多分会えるから……って勢いで来ちゃったんですけど、私、電車乗ってる途《と》中《ちゅう》で携帯《けいたい》の電池がなくなっちゃって」

そこまで聞いて、私はなんとなく事の顛末《てんまつ》が分かったような気がした。

「とりあえず、吉田くんに電話するわね」

私はため息を一つついて、沙優ちゃんに言った。

「吉田くん、1時間以上前に血相変えて早退したわよ。多分、あなたと連絡つかなくなって焦《あせ》ったんじゃない？」

「え⁉」

沙優ちゃんが大きな声を上げて驚いたので、私はつい失笑《しっしょう》してしまう。

「とりあえず、ちょっとそこで待ってなさい」

私は沙優ちゃんから少しだけ離《はな》れて、吉田くんに電話をかけた。

『お疲れ様です、吉田です。先ほどは大変……』

「吉田くん、沙優ちゃん見つかったよ」

『え⁉』

思わずスマートフォンを耳から遠ざけてしまった。驚き方が二人一緒《いっしょ》で、少し面白《おもしろ》かった。

「会社の前にいたわ。なんだかすれ違《ちが》っちゃったみたいね」

『なんで会社の前なんかに……』

それは私も少し疑問だった。

「とりあえず、こんなところで待たせるのも可哀《かわい》そうだから、一旦《いったん》私の家に連れて行くね。外も肌寒《はだざむ》いし」

『はい、わかりました、すみませんご迷惑《めいわく》を……えっ、後藤さんの家にですか⁉』

またスマートフォンを遠ざけてしまう。スピーカーから、橋本くんの笑い声も聞こえてきた。どうやら一緒にいるようだ。

「私は会社から近いからね。あとで住所を送るから、迎《むか》えに来てあげて頂戴《ちょうだい》」

『は、はあ……分かりました、ありがとうございます』

気の抜《ぬ》けた声がして、私は自然と口角が上がってしまう。きっと、安心しているのだろう。

「どうせ着替《きが》えもせずに探し回ってたんでしょう。一旦帰って、一息ついて、楽な格好で迎えに来てくれればいいから」

『……すみません、お気遣《きづか》いありがとうございます』

「それじゃあね」

私は電話を切って、沙優ちゃんに向き直った。

「さて、それじゃ、吉田くんが迎えに来るまで私の家に行きましょっか」

「え、でもそんな……ご迷惑じゃ」

「ほんとに同じようなことばっか言うわねぇあなたたち」

私は思わず失笑した。

「いいのよ、私たち友達でしょ？」

そう言って、沙優ちゃんの手を握《にぎ》ると、彼女はなんとも言えない表情をした後に、一度だけ、首を縦に振《ふ》った。

＊

「え、じゃあもう明日《あした》北海道に戻っちゃうの？」

吉田さんに会いに会社に行った私は、何故《なぜ》か吉田さんとすれ違い、そして後藤さんにばったり会って、気付けば後藤さんの家に招かれていた。

吉田くんとはどう？　という後藤さんの漠然《ばくぜん》とした質問に対して、私は連絡先を交換《こうかん》した仲なのだから、彼女にも帰ることについて伝えねばなるまいと、今の状況《じょうきょう》を後藤さんにも話したのだった。

「……そういう予定です。そんなタイミングで私がいなくなったと思ったわけだから、そりゃあ吉田さんも焦りますよね……」

「まあまあ、そこはもう気にしなくていいんじゃない。いや……まあ一言謝ったほうがいいとは思うけどね、本当に焦ってたから、彼」

後藤さんの言葉に、私はさらにいたたまれない気持ちになった。

連絡が取れなくなると心配する人がいるということは、何度も経験したはずなのに、今日に限って、軽はずみに連絡手段を断ったまま外出してしまった自分が恥《は》ずかしい。

「はい、ホットミルク」

後藤さんがマグカップを私の前に置いてくれた。

後藤さん本人は、インスタントコーヒーの入ったマグカップを持って、私を座らせたソファの近くで、カーペットの上に座った。

「あ、そんな、いいですよソファ。私床《ゆか》に座るので……」

「お客さんを床に座らせられないでしょう。いいよ、使って」

後藤さんは私の言葉に真っ向から反対するように、ぺったりと腿《もも》を床につけて座ってしまう。私もこれ以上言い合っても仕方ないと思い、持ち上げかけた腰《こし》を、もう一度ソファに落ち着けた。

「……すごいふかふかですね、このソファ」

「でしょう〜、休日なんかはもうずっとそこから動かないからね、私」

後藤さんはそう言って可笑《おか》しそうに笑った。

「せっかくだからくつろいでいってよ」

「ありがとうございます」

後藤さんの言葉に、私は少しだけ緊張《きんちょう》がほぐれたような気がして、一口、ホットミルクを飲んだ。じわりと身体《からだ》が内側から温まって、さらに身体が弛緩《しかん》するのを感じた。

「吉田くん、寂《さび》しくなっちゃうわね」

後藤さんが、ぽつりと言った。

「え？」

私が間抜《まぬ》けな声で訊《き》き返すと、後藤さんは鼻からスッと息を吐《は》いて笑った。

「沙優ちゃんが帰っちゃったらってこと。家に一人になっちゃうでしょ」

後藤さんの言葉に、私はなんとも言えない気持ちになって、視線を彼女から逸《そ》らした。

「寂しくなる……んですかね」

「そりゃなるでしょう。毎日一緒にいた子がいなくなるのよ？」

後藤さんは当たり前のように言うが、本当にそうだろうか、と思った。

「……いなくなって、せいせいしたりするんじゃないかなって」

私がぽつりと零《こぼ》すようにそう言うと、後藤さんは明らかにいたずらっぽい表情を浮《う》かべて、首を傾《かし》げた。

「……本当に、そう思ってる？」

後藤さんの視線が、私に刺《さ》さった。

「吉田くんの今までの態度を見て、本気でそう思ってるなら、それはそれで考え物だし。逆に、本気じゃないことを言ってるんだとしたら、ちょっと性格を疑っちゃうわねぇ」

後藤さんのその言葉には、どこか私を諭《さと》すような響《ひび》きが含《ふく》まれていた。しかし、最大限、私を責めるような雰囲気《ふんいき》にならない配慮《はいりょ》もされている。

つくづく、この人には敵《かな》わないと思った。

「本気で思ってるかって言われたら……そんなことはないです。吉田さんは多分……寂《さみ》しがってくれるんじゃないかって思ってます……でも」

その予感を、完全に信じられるかと言えば、そんなことはなかった。

「でも、少し……不安です」

「何が？」

「私が帰った後……吉田さんが私のことなんてすっかり忘れちゃうかもしれないって思ったら……少しだけ不安だし、悲しくなります」

私がそう言うと、後藤さんは何度かぱちくりと瞬《まばた》きをした後に、急に「ぷっ」と噴《ふ》き出して、笑いだした。

「な、なんで笑うんですかぁ」

「いや、ごめんなさい、違うの」

後藤さんは必死で笑うのを止めてから、首を横に振った。

「可愛《かわい》いなぁ、と思って」

「絶対、うそ」

「嘘《うそ》じゃないわよ」

後藤さんは可笑しそうににまにまと口角を上げて、何度も、頷《うなず》いた。

「そういうまったく根拠《こんきょ》のない不安って、若いからこそよね、と思って」

「そんなことないと思うんですけど」

「あるわよ。いいなぁ、若くて」

「もう、からかわないでください！」

少し大きな声で抗議《こうぎ》すると、後藤さんはさらにけらけらと笑った。

後藤さんの笑いが収まると、数分間、二人は無言になった。

インスタントコーヒーの渋《しぶ》い香《かお》りが、部屋の中に漂《ただよ》っている。

「……それで、何か分かった？」

後藤さんが、急に口を開いた。

「……分かった、というのは？」

私が訊き返すと、後藤さんは優《やさ》しい表情で、付け加えた。

「家出をしてみて、何か分かったことはあった？　ってこと」

「分かったこと……」

私は、家出をしてからのことを順に思い返してゆく。

「毎日ご飯が出てくるのってすごいんだなってこととか」

「うん」

「寝《ね》られる家があるって素晴《すば》らしいなってこととか」

「ふふ……うん」

「それと……『女子高生』って、ブランドなんだなってこととか」

「……うん」

「それと……」

気づけば、鼻声になっていた。また泣きそうになっている自分に気が付いて、必死で涙《なみだ》をこらえた。

「世の中、ろくでもない大人ばっかりで……でも……でも……」

頑張《がんば》ったけれど、やはり涙はこぼれてしまった。

「……その中にも、本当に優しい人は……いるんだなってこととか」

私が泣きながらそこまで言うと、後藤さんが立ち上がって、私の座っているソファの真横に並ぶように座りなおした。

そして、私の手を握って、優しい声で言った。

「たくさん、分かったんだね」

「……はい」

私が洟《はな》をすすりながら頷くと、後藤さんはテーブルの上に置いてあったティッシュ箱を取って、無言で渡《わた》してくれた。

「ありがとうございます」

「いーえ」

後藤さんは優しく微笑《ほほえ》んでから、私が洟をかんでいる間、黙《だま》ってコーヒーを飲んでいた。

「私もさ」

後藤さんが、呟《つぶや》くように言った。

「家出したことあるんだ」

どこか遠くを見つめるような表情で、後藤さんがそう言った。彼女の横顔を見ていると、改めて、本当に綺麗《きれい》な人だなぁと、思った。

「沙優ちゃんと同じ。高校生の頃《ころ》にね、長いこと家出をしたの」

「家族と……上手《うま》く行かなかったんですか？」

私が訊くと、後藤さんは静かに首を横に振った。

「ううん、違《ちが》うの。特に理由らしい理由なんてなくってさ。若さ故《ゆえ》の悩《なや》みというか……なんていうのかな、『私が私として存在する意味ってなんだろう』みたいなことを考えちゃったんだよね」

後藤さんが言うその言葉には、何故か私も激しく共感してしまった。私も家出をしたばかりの頃、そんなことをぐるぐると頭の中で考えていたのを覚えている。

「自分ってなんてつまらない人間なんだろうって思って、何か人とは違うことをしてみたくなったの。それで変な思い切り方をしてさ、家を出たの」

後藤さんは思い出のアルバムを開くような優しい表情で、どこか一点を見つめながらぽつぽつと話していた。きっと、彼女の瞳《ひとみ》には、当時の光景が思い起こされているんだろう。

「……ちょっと短くない話なんだけど、聞いてくれる？」

後藤さんが視線を上げて、私の方を見た。

「……ぜひ、聞かせてください」

私はたくさん話を聞いてもらったし、単純に後藤さんの昔の話には興味があった。

私はミルクの入ったマグカップを両手で持って、彼女の話に耳を澄《す》ませた。

14話 高校生

高校の頃の私は能天気で、主体性もない、本当に地に足のつかない子供だった。

主体性がないという意味では今も大して変わっていないのかもしれないとも思うけれど、あの頃の私は、今の自分から見てもどうしようもないなと思うほどに、自分の意見というものを持っていなかった。

誰《だれ》かが決めてくれたことに従っているのが楽で良かったし、深く物事を考えるのも嫌《きら》いだった。

そんな性質だったものだから、勉強はそこそこな成績を維持《いじ》し、部活も特に練習などを頑張る必要もない『読書部』という文化部に入って、その上幽霊《ゆうれい》部員だった。

そんな自分に、高校二年生の頃までは、なんの疑問も覚えていなかったし、満足していた。いや、もはや自分が「満足しているかどうか」ということすらも、考えていなかったと思う。

そんな私が、自分の在り方に疑問を覚えたのは、高校二年生の夏だった。

私には一人、とても仲の良い……というか、波長の合う男子がいた。彼は私と違ってかなりはっきりと物を言うタイプの男子で、クラスでは若干孤立《じゃっかんこりつ》気味だったけれど、私は、彼と話すのが好きだった。

会話の内容にユーモアがあったし、私は相槌《あいづち》を打っているだけでとても楽しかったのだ。

今思えば、あれだけ仲良くしていてどうして恋愛《れんあい》に発展しなかったのか不思議ではあるのだけれど、私とその男子は高校一年生の頃に知り合って、それからずっと、つかず離《はな》れずの友情関係を保っていた。

そんな彼が、高校二年生の夏に、自分の進路について相談してきたことがあった。

「実は俺、来年から留学しようと思ってるんだよね」

そう言われて、私は目が点になった。

留学、という単語が、あまり現実味を伴《ともな》わずに、私の脳内でぐるぐると回った。

「海外行くの？」

「うん。海外で一年間高校生をやって、そのまま大学も、海外のところに行こうと思ってる」

「へぇ……そうなんだ」

私はあまりに唐突《とうとつ》な彼の話に、とりあえずの相槌を打つので精いっぱいだった。

「すごいね、いいと思う、留学」

私が頷くと、彼はとても嬉《うれ》しそうにこう言ったのを覚えている。

「応援《おうえん》してくれるか!?」

私はその時、初めて、その子の話に対して、頷きたくないと思った。

彼とずっと一緒《いっしょ》にやっていられたのは、私にはまったく主体性がなくって、逆に彼には
それがあったからなのだと思う。
私が話題を提供しなくても、彼は楽しく私と話をしてくれる。何も気負わなくても、そ
の子と話しているのは楽しかった。その子と自分の差について、私はその時まで、まった
く深く考えることをしてこなかったんだ。
結果、私は急に、彼に突《つ》き放されたような気持ちになった。
彼がとても立派に見えて、それに比べて私は何なのだろう、と思った。
自分で何かを決めたこともなくて、誰かに言われた通りにしてばかりで。
そんな自分が、急に恥《は》ずかしいもののように思えたんだ。
そして私は急にフットワークを軽くして、「そうだ、自力で家出をしてみよう」と考え
た。
今思うと、本当に馬鹿《ばか》だった。
親には「友達の家に泊《と》まる」と言って、いくつか着回しのできる服や下着を詰《つ》め込んで、
私は家を出た。
そんな無計画な家出が上手く行くはずもなく、初日にして、お腹《なか》が減れば買い食いをし
て、街の中をさまよい歩くだけの苦行が始まった。最初は少しワクワクする気持ちもあっ

たのだけれど、飽《あ》き性《しょう》で根性もなかった私は、すぐにその非日常的な状況《じょうきょう》にも慣れて、足の疲《つか》れとか、そういう苦しい部分にばかり意識が行くようになった。

夜になるとすっかりばてててしまって、私は街の雑踏《ざっとう》の中で、歩道のガードレールに寄りかかりながら、ぼんやりと立ち尽《つ》くすだけになってしまった。

もう帰ろうかな、と思っていた時に、急に声をかけられた。

「君、一人？　可愛《かわい》いね」

ナンパだった。自分よりは明らかに年上に見える三人組の男性に私は取り囲まれるような形になった。三人の視線がちらちらと自分の胸に落ちるのが感じられて、気持ちが悪い。

無言で立ち去ろうとすると、三人のうちの一人にがっちりと腕《うで》を摑《つか》まれた。力が強くて、悲鳴を上げそうになって、こらえた。

「逃《に》げなくたっていいじゃん。ちょっと遊ぼうよ」

漫画《まんが》で見たことのあるような、捻《ひね》りのない誘《さそ》い文句を投げかけられて、さらに不快な気持ちになる。けれど、自分よりもガタイの良い男性に摑まれているという状況は、怖《こわ》くて仕方がなかった。

拒否《きょひ》したいのにできなくて、声も出せない、という状況になっている時に、その人は現れた。

「めぐみ、何してる。門限過ぎてるだろ」

私の後ろから現れたスーツ姿の男性が、私の肩《かた》を叩《たた》いた。

知らない男の人だった。

「母さん怒《おこ》ってるぞ。早く帰らないと」

「あ、ああ……でも」

どうやら私を助けようとしてくれているということに気が付いて、何とか声を絞《しぼ》り出すと、スーツの男性は三人組を睨《にら》むようにして言った。

「うちの娘《むすめ》に何か用ですか」

「い、いやぁ……親父《おやじ》さんっすか」

「行こうぜ」

これまた分かりやすく動揺《どうよう》して、三人は退散していった。

スーツ姿の男性は、三人が退散していくのを見送ってから、私に視線をやった。

「ああいうのははっきり断らないとダメだぞ。それじゃあ」

それだけ言って、立ち去ろうとしたスーツの男性を、私はなぜか呼び止めてしまった。

「あの！」

振《ふ》り向いた彼は、少し迷惑《めいわく》そうに「どうしたの」と言った。

あの時どうして私にそんな勇気があったのか、今でも不思議だと思うのだけれど。

私はその時、その男性に向かって、こう言ったのだった。

「帰る家が……なくって」

＊

最初はあからさまに面倒《めんどう》くさそうな顔をしたものの、その男性は思ったよりもすんなりと、「じゃあ、まあとりあえず、うちにおいで」と言ってくれた。

名前を聞くと、「鈴木《すずき》」という苗字《みようじ》だけ教えてくれた。

鈴木さんは学生の間では有名らしい個人塾《じゆく》の塾長をしている人で、奥さんと、小学二年生の子供がいた。

最初鈴木さんの家に上がった時は、奥さんはものすごく驚《おどろ》いて、鈴木さんとも少し口論になっていたけれど、鈴木さんは「ほとぼりが冷めるまでは置いておいてやろう」と言って奥さんを説得してくれた。

今思えば、とんでもないリスクを背負ってくれていたのだけれど、その頃の私は深く考えずに、「いい人に拾ってもらえたなぁ」なんてことを考えていた。

私はその家で、呑気《のんき》に1か月ほど過ごした。

鈴木さんの奥さんはとても人が好《よ》く、一緒にお料理をしたり、家事を手伝ったりするのはとても楽しかった。小学二年生の男の子も、とても私になついて、一緒に遊んだり、お風呂《ふろ》に入ったりと、仲良く過ごした。

それらは、一人っ子で母親も父親も両方仕事で忙《いそが》しくしていた私には、あまり体験したことのないものだったのもあって、本当に充実《じゅうじつ》した1か月だった。

ただ、私の愚《おろ》かなところは、その時、鈴木さんに恋《こい》をしてしまったことだ。

何がきっかけだったかは覚えていない。むしろ、初めて会った時の非日常的な状況が、そういう思いにさせたのかもしれない。

鈴木さんはとてもハンサムで、ユーモアに溢《あふ》れてもいて、とても優《やさ》しかった。人間性に文句のつけようがなくて、塾の生徒からも大変人気が高いのだということを、奥さんから聞いていた。

私は彼と一緒に住む1か月の間にどんどんと彼を好きになった。

けれど、彼は結婚《けっこん》して、子供もいる。鈴木さんと奥さんがとても仲が良いことは知っていたし、何度か夜中に目が覚めた際に、『そういったことをしている』音がしてきたこともあった。

鈴木さんへの想《おも》いは膨《ふく》れ上がったけれど、私は鈴木さんの奥さんのことも大好きだったし、口が裂《さ》けても彼に対して想いを口にすることはできないだろうと思った。初恋の熱量を外に漏《も》らさずに我慢《がまん》するのは、とても苦しかった。

そして、1か月経《た》った頃《ころ》に、状況は急変した。

夜中に目が覚めてしまって、貸してもらっていた部屋を出て、リビングの横にあるお手洗いに向かっていた時。リビングの中から鈴木さんと、鈴木さんの奥さんの声が聞こえてきた。

「……妙《みょう》な噂《うわさ》が立っちゃってるんでしょう。いつまでも、ってわけにはいかないと思うわよ」

「分かってるけど、でもだからって急に追い出すわけにもいかないだろ」

「早いうちに話をして、帰らせる方向にしないと……私たちの人生まで、台無しになっちゃうかもしれないのよ。捜索願《そうさくねがい》まで、出ちゃってるんだから」

二人の会話を聞いて、私は慌《あわ》てて自室に戻《もど》った。

娯楽《ごらく》用に、と貸し与《あた》えられていたノートパソコンを開いて、自分の名前に、「捜索願」と付け加えて検索《けんさく》すると、顔写真付きで捜索願が出されていた。

私は、急に怖くなった。

妙な噂、と言っていたのも、もしかすると『鈴木さんが女子高生を家に連れ込んでいる』というようなものなのかもしれないと思った。考え始めると、悪い想像というのは止まらなくなる。

非凡《ひぼん》を求めて家出をしたはずなのに、気付けば鈴木さんの家で提供される「平穏《へいおん》」にすっかり満足してしまっている自分に気が付いて、恥ずかしくなった。

このままここにいれば、本当に鈴木さんたちの人生を破壊《はかい》しかねないと思った私は、その日の朝早くに、置き手紙を部屋に残して、鈴木さんの家を出た。

＊

「帰ったら、そりゃもう怒られたわ。人生であんなに怒られたのは一度きり」

後藤《ごとう》さんは可笑《おか》しそうに笑って、言った。

「1か月間、外で知り合った優しい女の人の家に泊めてもらってた、って話したらそれもすごく疑われて……信じてもらうのにだいぶ時間がかかった。……まあ信じてもらうも何も、嘘《うそ》なんだけどね。実際に親があの嘘を信じてくれているのかどうかも怪《あや》しいと思うし」

後藤さんはそこまで話して、深く、ため息をついた。

「……そんなわけで、私も沙優《さゆ》ちゃんほどの長さではないけど、高校生の時に家出をしたんだよ」

後藤さんの視線が私の方に移動して、じっと私を見た。

「そして、恋も実らず、自発性が生まれたわけでもなく……『自分には何もできない』ってことだけ学んで、帰ってきた」

そう言った彼女の眼《め》には、明らかに昏《くら》い色をした感情が浮《う》かんでいて、私は胸が締《し》め付けられる思いになった。

「欲しいものは、手に入らない。私は自分のできることだけをやって、生きて行かないといけない……って、思うようになった。その時から」

「そう……だったんですね」

私が深刻に相槌《あいづち》を打つと、後藤さんはその雰囲気《ふんいき》を打ち破るように明るい声を出した。

「まあ、そうは言っても、そこからはちょっと大人になったとは思うんだけどね、自分でも。その前に比べれば、だいぶ思慮《しりよ》深くなった」

そう言って、後藤さんは微笑《ほほえ》みながらコーヒーを一口飲み下した。

「でも……同時に、すごく卑屈《ひくつ》で、臆病《おくびよう》になった」

そう付け加えて、後藤さんはまた遠くを見つめるような目をする。

何か声をかけようか、と迷っている間に、ふっと後藤さんが視線を上げて、私の視線と彼女の視線が絡《から》んだ。

「沙優ちゃんも、きっと家に戻ったら、気付くことがあるわよ。高校生の女の子がこんな大冒険《だいぼうけん》をしたんだもの。必ず……何か変わるはず」

後藤さんは私の目をじっと見つめて、言った。

「高校生であるってことは、それだけで特別なことなんだと、思う。良い意味でも……悪い意味でも」

後藤さんはそう言ってから、私の手を握《にぎ》った。

「私も、『高校生』って煩《わずら》わしいって……家出した後、ずっと思ってた。早く大人になりたいって……思った」

後藤さんの言葉に、私は胸中で頷《うなず》く。

私は「高校生」という身分に、たくさん振《ふ》り回されたように思う。キラキラした高校生たちに馴染《なじ》めなくて、初めての友達を失って、逃げた先では、「高校生」というブランドを活用して……でも、私は高校生だから、一人では生きられない。

私がそんなことを考えていると、私の手の上に重ねられた後藤さんの手にぎゅっと力が籠《こも》った。意識が、彼女の言葉に戻る。

「でもそれって、あなたの人生にとって、とても重要なことで、捨ててはならない事実なのよ」

後藤さんは私の目を見つめたまま、ゆっくりとそう言った。それは、本当に大切なことを誰《だれ》かに伝えるときのような、切実な熱を持った瞳《ひとみ》だった。

「大丈夫《だいじょうぶ》、今のあなたにはちゃんと味方がいるでしょ」

後藤さんの言葉が、私の胸にじわりと浸透《しんとう》していくのを感じた。

私には、味方がいる。

「覚悟《かくご》を決めるのは怖《こわ》いけど……でも、やっぱりあなたはちゃんと帰らないと」

後藤さんの視線と、私の視線が絡み合って、彼女の言葉の熱がどんどん高まりながら、私の心臓を叩《たた》いた。

「ちゃんと……高校生に、戻らないと」

気づくと、涙《なみだ》がこぼれていた。何故《なぜ》涙が出ているのか、すぐには分からなかった。

悲しいわけじゃない。

これは、そう、きっと、嬉《うれ》しかったんだ。

「私……」

涙がぽろぽろと頬《ほお》を伝っていくのを感じながら、私は言った。

「……まだちゃんと、高校生なんですね」

「うん」

「高校生で、いいんですよね……ッ」

「いいんだよ」

後藤さんが、優しく私を抱《だ》きしめてくれた。

気づけば、私は声を出して、泣いていた。

＊

「あら、思ったより早かったじゃない」

「急いで来ましたから」

「飛ばしたのは僕なんだけどな……」

後藤さんの家に着くと、部屋着の後藤さんと制服の沙優が俺と橋本《はしもと》を出迎《でむか》えた。

沙優が見えるや否《いな》や、俺はまず安心して、その後に怒《いか》りが湧《わ》いてきた。

「お前、なんで俺の会社なんかに……！」

「吉田《よしだ》くんの会社を見てみたくて、ついでに、一緒《いっしょ》に帰ってみたかったんだって」

俺の言葉を遮《さえぎ》って、後藤さんが言った。

「へ？」

「だから、一緒に帰りたかったんだって」

「沙優が？　俺とですか？」

俺が訊《き》き返すと、後藤さんの隣《となり》の沙優は少し顔を赤くして、一度だけ頷いた。そしてその後に、頭を下げた。

「連絡《れんらく》とれなくなっちゃってごめんなさい。スマホの電池切らしちゃった」

「……はぁ、まあ……いいけどよ……」

一気に脱力《だつりょく》して、俺は後藤さんが見ている前だというのに、その場にしゃがみこんでしまった。隣の橋本がけらけらと笑う。

「君が沙優ちゃんかぁ、ずっと吉田から話だけ聞いてたよ」

橋本が沙優に声をかけると、沙優も会釈《えしゃく》をして、「私も吉田さんから、聞いてました」と答えた。

「聞いてたよりもずっと可愛《かわい》いな」

「おい、変なこと言うな」

「別に変なことじゃないでしょうに」

軽口を叩いていた橋本が急に、俺の背中をバンと叩いた。

「それで、あの話は？　今言ったほうがいいと思うよ」

橋本に促《うなが》されて、俺はため息を一つついて、顔を上げた。

「後藤さん」

「はい？」

後藤さんをじっと見て、言うべき言葉を整理する。

そして俺は、ゆっくりと、言った。

「3日間だけ、有休もらっても……いいですか」

俺が言うと、後藤さんは一瞬困惑《いっしゅんこんわく》したような表情を浮かべたが、すぐにハッとしたような表情になった。

「……もしかして、明日《あした》から3日間とか言うつもりじゃないでしょうね」

後藤さんが目を細めて俺を見たが、まさにその通りだった。

「……難しいのは、分かってるんですけど、それでも」

「はぁ……」

後藤さんはあからさまにため息をついて、俺の言葉を遮った。

　有給休暇《きゅうか》というのは前日や当日に申請《しんせい》するようなものではない。当社では、1か月前や、遅《おそ》くとも数週間前には申請しなければいけないこととなっている。それを分かっていながら、俺は無理を承知で頼《たの》んでいるのだった。

　彼女は視線を地面に落としながら何度か、こめかみを押さえるように右手で自分の頭を触《さわ》った。

　そして、ふっと、顔を上げたと思えば、彼女はいたずらっぽい笑《え》みを浮かべていた。

「ま、できないこともないんじゃない？　以前から聞いてたけど私がうっかりしてた〜って言ってあげてもいいよ」

「ほ、本当ですか！」

「た〜だ〜し」

　後藤さんの顔がずい、と俺に近づいて来て、俺はどきりとしてしまう。

「帰ってきたら、美味《おい》しいお肉くらい奢《おご》ってくれるんでしょうね」

「は……」

　間《ま》が抜《ぬ》けたように、喉《のど》から息が漏《も》れた。

「そりゃ、もちろん……」

「じゃ、決まりね、どうにかしとくわ。吉田くんの分のタスクは橋本くんに任せていいわけ？」

俺が答えると、後藤さんははきはきと話を進め出す。

「まあ僕がもらいますけど、一人はしんどいんで遠藤《えんどう》とか小池《こいけ》とかにも適当に振《ふ》って行きます。あと三島《みしま》ちゃん」

「分かった。まあ進行に支障がでないならどうやってもらっても構わないわ」

後藤さんは頷いて、俺の肩《かた》をバシッと叩いた。

「そういうわけだから、吉田くんはしっかりと……」

後藤さんはそこで言葉を区切って、急にぐい、と俺の耳を彼女の口元まで引き寄せた。

「最後まで、沙優ちゃんのこと、助けて来なさい」

耳元で囁《ささや》かれて、全身に鳥肌《とりはだ》が立つのを感じる。

しかし、その内容は、俺にとっては本当に嬉しいものだった。

「……はい、頑張《がんば》ってきます」

俺が頷くと、後藤さんはにこりと笑って、沙優の背中を押した。

「それじゃ、迎《むか》えも来たことだし、吉田くんと一緒に帰りなさいな」

「……ありがとうございました」

深々と頭を下げる沙優の頭を、後藤さんは優《やさ》しい手つきで撫《な》でた。

「またいつか、一緒にお話ししましょ」

後藤さんのその声色《こわいろ》はとても優しく、沙優は少し涙目になりながら、「はい」と返事をした。

「それじゃ、お疲《つか》れ様です」

橋本が後藤さんに頭を下げると後藤さんは片手を上げて、気さくに手を振った。

俺も会釈をして、沙優を後部座席に座らせてから、自分も助手席に乗り込む。

橋本が車を出すと、バックミラーに、こちらに手を振っている後藤さんが映っていた。

「家まで送ってくってことでいいんだよね」

橋本が確認《かくにん》のように言うので、俺は頷いた。

「ああ……本当に助かった。ありがとな」

「大丈夫。僕にも今度ラーメンとか奢ってくれるんでしょ？」

「当たり前だろ」

「全部載《の》せだよ」

「麺《めん》も大盛りにしていい」

そう言って、二人で笑い合う。

沙優は、後部座席で、少し居心地《いごこち》悪そうに座っていたが、数分経《た》つと、疲れてしまったのか、目を閉じて、舟《ふね》をこぎ始めた。

「本当に、普通《ふつう》の子だ」

「……ああ」

橋本がぽつりと言うので、俺もゆっくりと頷いた。

数秒の無言の後、橋本が言う。

「……頑張ってきなよ」

橋本はあまり他人に頑張れ、と言わないタイプだ。それでも、今回ばかりは、つとめてそう言ったのだと思う。

俺は胸の中に熱いものがこみ上げるのを感じながら、力強く頷《うなず》いた。

「ああ」

その後は、俺の家に着くまで、車内の全員が無言だった。

15話

約束

「あ、見つかった？　よかった……」

家に帰ると、あさみが飛び出してきて、沙優《さゆ》に抱《だ》き着いた。

「も〜〜心配かけすぎだし」

「ごめん……ありがと」

あさみと沙優がいちゃついているのをよそに、俺はさっさと居間に入って、財布《さいふ》やら携《けい》帯《たい》やらを服のポケットから取り出した。

「あさみ、残っててくれてありがとな」

「ま、お安い御用《ごよう》ってとこだし」

あさみはニッと笑って親指を立てた。

「んまぁでも、そろそろ帰らないと家の前の門が完全に開かなくなって締《し》め出し食《く》らっちゃうから、急いで帰るわ！」

あさみはそう言って、バタバタと居間に戻《もど》って、机の上に広げていた参考書やらなにやらを肩掛《かたか》けバッグにしまうと、また玄関《げんかん》へドタバタと走っていった。

「んじゃオヤス〜！　またね！」

「待って！」

いつもの調子で帰っていこうとするあさみを、沙優はいつもより大きな声で呼び止めた。

「どしたん」

あさみは目を丸くして、沙優を見た。少し、わざとらしいな、と思った。きっとあさみは分かっていて、こうしている。

「あのさ……私、明日には帰っちゃうから……その」

沙優はもじもじと、言葉を選ぶように視線を床《ゆか》に落としていた。

「その……あさみにはすごくお世話になって……だから……ありが」

「沙優チャソ!!」

「はいぃ!!」

急に大声で呼ばれて、沙優は飛び上がるように返事をした。

あさみはニッと笑って、沙優の手をゆっくりと握《にぎ》った。

「また会えるじゃんね」

あさみはしんみりした様子もなく、そう言った。

「連絡先も交換《こうかん》したし、これからも人生は続くし……ってな感じよ。だから、そだなぁ……」

あさみは空中に視線を彷徨《さまよ》わせた後に、にんまりと口角を上げた。

「ありがとう、とかそういう恥《は》ずかしいヤツはさ……次会った時に言ってくれりゃいいよ」

あさみのその言葉に、俺は、彼女なりの優しさを感じて、胸が温かくなった。

沙優も同じ気持ちのようで、ずずっ、と洟《はな》をすすった後に。

「うん！」

と、力強く答えた。

「じゃあ……」

沙優とあさみが視線を絡《から》ませて。

「またね」

と、同時に、言った。

＊

「電気消すぞ」

「うん」

二人とも寝《ね》る準備を終えて、俺はベッド、そして沙優は布団《ふとん》の上に座っていた。

俺は居間の電気を消し、そして自分のベッドに戻った。

ベッドに潜《もぐ》り込むと、何故《なぜ》かいつもよりもそわそわしている自分がいることに気が付いた。

原因は分かり切っている。

今日が、この家で沙優と過ごす最後の夜だからだ。

明日《あした》ここを出れば、沙優がここに戻ってくることは、もうないだろう。

沙優に起こされることもない。起きたら朝食が用意されていることも、シャツの皺《しわ》が伸《の》びていることもない。

また、一人の生活に戻るのだ。

言葉にすれば簡単に分かることであるのに、あまりにも実感が伴《ともな》わなかった。

明日、沙優は北海道に、帰るのだ。

「吉田《よしだ》さん」

布団の方から、沙優の声がして、俺は自分の意識が現実に戻ってくるのを感じた。

「なんだよ」

訊《き》き返すと、数秒間の沈黙《ちんもく》があった。

「沙優？」

もう一度訊くと、布団の方から、もぞりと、沙優が寝返りを打つ音が聞こえた。

「……そっち行っていい？」

彼女のその言葉に、俺の脳みそは一瞬《いっしゅん》停止した。

数か月同じ家で過ごしてきて、沙優がそんなことを言ったのは初めてだったからだ。

「……いいけど、なんでだよ」

「いいじゃん、最後くらい……別に襲《おそ》ったりしないでしょ、吉田さんは」

「まあ……しないけどよ……」

俺が良い、ともダメ、とも返事をせずに曖昧《あいまい》に返すと、沙優が布団から這《は》い出て、本当にベッドに入ってきた。

「もうちょいそっち詰《つ》めて」

「お、おう……」

俺の左側に沙優が寝転《ねころ》がって、そして深く息を吐《は》いた。いつもよりずっと近くで沙優の息遣《いきづか》いが聞こえた。

「……ずっと一緒《いっしょ》に住んでたけど、こんなに近くで寝るの初めてだね」

沙優が言った。

「そうだな」

俺が答えると、沙優は急にくすくすと笑いだした。

「なんだよ」

「いや、変だなぁって思って」

「なにが」

俺が問うと、沙優がこちらを向いて、俺の目を見た。

暗闇《くらやみ》に目が慣れてきた頃《ころ》だったので、沙優の顔が本当に近くに見えた。

「他《ほか》の人の家に泊《と》まった時は、数日以内とか、その日のうちにはもっと近くで寝てたのになって。むしろ、重なっちゃってさ」

「な、なんだ急に生々しい話しやがって。そいつらのことはもう忘れろって言ってんだろ」

俺がそう言いながら、沙優から距離《きょり》を取るように壁際《かべぎわ》に移動すると、沙優はけらけらと笑った。

「離《はな》れないでよ、変なことしないから。したら、追い出されちゃうんだもんね」

「そうだぞ、明日を待たずに追い出してやる」

「それは困るなぁ」

沙優はもう一度くすくすと笑って、そして、俺が距離を離した分だけ、寝返りを打って、俺に近づいてきた。そのまま、俺の胸に顔をうずめるようにして、俺に抱き着いてきた。

「お、おい……」

「ちょっとだけ」

沙優が言う。

「ちょっとだけこうさせて……」

身体《からだ》が密着したことで、沙優の身体が少し震《ふる》えているのが分かった。

「……どうした？」

俺が訊くと、沙優は俺の胸に顔をうずめたまま、本当に小さな声で、言った。

「やっぱり……こわいなぁ」

「……そうか」

「こんなに優《やさ》しい空間から出るの、こわいよ」

「……そうだな」

急に距離を詰めてきて戸惑《とまど》ったが、俺の胸の中にいる沙優は、やはりただの子供だった。ようやく落ち着いた環境《かんきょう》がまた変わろうとしていることに、戸惑って、そして怯《おび》えている。

「吉田さんが」

沙優がぽつりと言った。

「吉田さんがお父さんだったら、私もっとまっすぐ育ったかなぁ」

その言葉に、俺は胸がぎゅっと締め付けられるように痛むのを感じた。

沙優や一颯《いっさ》の話を聞きながら、何度も思ったことだった。俺がこいつの保護者なら、絶対もっと大切にするのに。と、何度も何度も、考えていた。

けれど。

「俺は……お前の父さんじゃない」

胸の痛みをこらえながらそう答えると、沙優が俺を抱《だ》きしめる力が少しだけ強まった。

そして、胸の中で、

「うん、分かってる」

と、頷《うなず》いた。

俺も、沙優の背中に、恐《おそ》る恐る手をまわした。そして、ゆっくりと抱きしめる。

「俺は、お前のひと時の宿でしかないよ、やっぱり」

「うん……優しくてあったかくて、最高の宿だったね」

「……それなら良かったよ」

沙優を抱きしめる力を少しだけ強めて、俺は言った。

「最高の宿だもんで、最後にちょっとだけサービスだ」

「……なに？」

胸の中の沙優の頭がもぞりと動いて、俺の顔を見た。

俺は沙優と正面から視線を絡ませて、言った。

「一緒に会いに行ってやるよ、お前の母ちゃんに」

「……え？」

「一人じゃ怖《こわ》いんだろ。最後まで面倒《めんどう》みてやる」

「え、じゃ、じゃあさっき言ってた有休って」

俺は頷いた。

「お前のために取った。気付いてなかったのかよ」

話の流れからして気付いていても良いものだと思うが、沙優はまったく気が付いていなかったようだった。

何度も俺の目を見て、逸《そ》らしてを繰《く》り返した後に、もう一度、頭突《ずつ》きのような勢いで俺の胸に顔をうずめた。

「痛《い》ってぇ！」

ごりごりと、俺の胸に頭を押し付ける沙優。

ものすごく痛かったが、喜んでいることだけは、なんとなく分かった。

急に動きを止めた沙優が、ぼそりと、言った。

「……吉田さん、ありがとう」

俺はその言葉だけで、胸の中が妙《みょう》に満たされた気持ちになるのを感じた。

「……どういたしまして」

俺も茶化さずに、そう答えた。

沙優は気付くと、俺に抱《だ》き着いたますぅすぅと寝息《ねいき》を立て始めていた。連日考え事をすることが続いて、疲《つか》れているのだろうと思う。

俺は沙優をゆっくりと自分から引きはがして、仰向《あおむ》けにさせて、布団をかけた。

そして、少しだけ距離をあけて、俺も仰向けに寝転がる。

明日、沙優はここを出て行く。
そして、一度逃《に》げた過去と向かい合って、未来のことを考えなければならない。
俺は最初に言った。
「お前の、甘ったれな根性《こんじょう》がマシになるまでは置いといてやる」
自分のその言葉に反することのないように、最後まで、できることをしてやろう。
そこまでして、ようやく。
オッサンと女子高生の奇妙《きみょう》な共同生活は、本当の意味で、終わりを迎《むか》えるのだと思う。

あとがき

はじめまして。しめさばと申します。

細々とネットで物書きをしていたものです。気付いたら四冊目を出させていただけることになったので、そろそろおっかなびっくりであとがきを書くのをやめたいと思っていますす。やめられていませんが。

三巻を出した時は２０１８年夏のお話をあとがきでしたかと思いますが、この本が出版されるのもちょうど夏。三巻のあとがきの内容から数えると二年が経《た》った夏となるわけです。

その間に私、実家から引《ひ》っ越《こ》しまして、現在は２ＬＤＫのマンションを借りて住んでいます。

２ＬＤＫのお家《うち》なのでリビングも含《ふく》めると合計で三部屋あるわけなのですが、そのうちのひと部屋を、部屋の場所や間取りを考慮《こうりょ》して自分のパソコン部屋――仕事部屋とも言えます――にしました。

引っ越しをしたのは２０１９年の冬。寒い時期だったのですが、２０１９年の冬は――

私の住む地域は――そこまで冷え込まなかったので、服を着こんでも室内が寒い時はファンヒーターを付ける……という程度の防寒でなんとかなってしまいました。

そんなこんなで、引っ越し当時は〝あること〟に気が付かないまま、「ああ快適だ快適だ」と新居を楽しんでしまい、半年が経ったわけです。

その〝あること〟というのは……お察しの良い方は気が付いていると思いますが、そうです。

私のパソコン部屋には〝また〟、エアコンがなかったのです。

この学習能力のなさ。

また私は、2020年の夏に、エアコンなしのままで突入《とつにゅう》しようとしています。

というのも。

実家にいた頃《ころ》は、エアコンを「買ってなかった」だけで、付けられないわけではなかったのです。

しかし今いる部屋はなんと、エアコンの排熱《はいねつ》ダクトを通す穴すら開いていない――しかし不可解なことに、エアコン用のコンセントだけは部屋の天井《てんじょう》にあるのですよね……どういうこと？――ので、エアコンを買うにも壁《かべ》に穴を開けていいかどうか、管理会社に問い合わせたりしないといけない……というようなわけで、なかなか導入が後手後手に回っています。

今は夜間は机の真横にある窓を開けて、なんとか暑さを凌《しの》げていますが、夜も蒸《む》し暑い時期に突入したら本当に耐え難《たがた》くなってくる予感がしています。

このあとがきを書いているのは大体梅雨《つゆ》の頃なのですが、皆様《みなさま》の手元にこの本が届く頃には、私の部屋にはエアコンがあるのでしょうか……？

あるといいですね。


さて、話は変わりますが。

COVID-19で世間の様相は一変してしまいました。

身近な方、そして著名人がお亡《な》くなりになる、とか。経済が麻痺《まひ》している、とか。お気に入りのお店が潰《つぶ》れてしまった、とか……。

悲しいニュースばかりが流れ、長い自粛《じしゅく》期間に息が詰《つ》まり、どんよりとした空気が蔓延《まんえん》しているのを私も感じていました。

しかし、皆《みんな》が自粛に慣れてきたことで、かえって、「今までは働きすぎだったよね」とか、「お家にいることで新しい趣味《しゅみ》が増えた」とか、そういったポジティブな感想もちらほらと目に入るようになってきました。

世の中の雰囲気《ふんいき》が変わってしまうほどに大きな出来事というのは、人生のうちで何度起こることなのか、事前に知ることはできません。

これから何度も起こるかもしれないし、もしかしたらこれきりかもしれない。

ですから、それぞれが、自分はこの期間に何ができるだろうか……どんなことをできたら素敵《すてき》だろうか……と、そんなことを考えながら、楽しく、自分にとって有意義な時間を見つけられたら良いのかなと思います。

後から振《ふ》り返った時に、あの苦しかった時期の中で、何か一つでも宝物を見つけられたと思えたら、それは人生において、とてもかけがえのない思い出になるんじゃないかな。

本当はあとがきで時事的なことに触《ふ》れるのは避《さ》けたかったのですが、私も、「あの時あんなことがあった」ということを自分の作品と共に記録しておきたい、と思ったので、このように書き記させていただきました。

この言葉が、誰《だれ》かの心に残り、いつかこの本と共に思い出されることがあれば、それはとても幸福なことだなと思います。

ここからは謝辞になります。

まずは、今回の執筆《しっぴつ》作業に関わってくださった二名の編集さんにお礼を言わせてください。S編集、K編集、ありがとうございました。

S編集は笑顔がとても素敵なのと同時に怖《こわ》かったので、その二面性のある笑顔のおかげでなんとか作業を進めることができました。また一緒《いっしょ》にお仕事ができる機会があればいいなと思っております。

K編集はいつもポジティブで、私の精神が死んでしまっても明るく支えてくださいました。ありがとうございます。今後ともよろしくお願いいたします。

次に、急遽《きゅうきょ》カバーイラスト、そして挿絵《さしえ》を担当してくださった、足立《あだち》いまるさん、本当にありがとうございました。コミカライズの作業でいつも忙《いそが》しそうにしているのに、その合間を縫《ぬ》ってこちらの挿絵まで手掛《てが》けてくださり、本当に頭が上がりません。後藤《ごとう》さん(高校生)のイラストが上がってきたときは軽く小躍《こおど》りしました。

キャラクター原案のぶーたさん、いつも本当にありがとうございます。あなたが命を吹《ふ》き込《こ》んでくださったおかげで、吉田《よしだ》や沙優《さゆ》、そして他のキャラクターたちが多くの方々の目に触れることとなりました。どうあっても、彼らはぶーたさんの描《えが》いてくださったキャラクターなのだ……と、私はずっと思い続けております。

そして、きっと私よりも真剣《しんけん》に本文を読んでくださった校正さん、その他この本の出版に関わってくださったすべての方々に、心よりお礼を申し上げます。ありがとうございました。

最後に、四巻まで手に取ってくださった読者の皆様。大変お待たせしてしまい、本当に申し訳ない思いです。これからも皆様に楽しんでいただける作品を作れるよう努力を続けていきますので、今後とも吉田たちの物語を見届けてやってくださると幸いです。あと、少しです。

また皆様と私の書いた物語が巡《めぐ》り合うことができるようにと願いながら、あとがきを終わらせていただきます。

しめさば

ひげを剃《そ》る。そして女子高生《じょしこうせい》を拾《ひろ》う。4

著　しめさば

角川スニーカー文庫　21590

2020年8月1日　初版発行
2021年3月15日　再版発行

発行者　青柳昌行

発　行　株式会社KADOKAWA
〒102-8177 東京都千代田区富士見2-13-3
電話　0570-002-301（ナビダイヤル）

印刷所　旭印刷株式会社
製本所　株式会社ビルディング・ブックセンター

Printed in Japan　ISBN 978-4-04-108260-7　C0193

★ご意見、ご感想をお送りください★
〒102-8177 東京都千代田区富士見 2-13-3
株式会社KADOKAWA　角川スニーカー文庫編集部気付
「しめさば」先生
「ぶーた」先生 ／「足立いまる」先生

角川文庫発刊に際して

角川源義

第二次世界大戦の敗北は、軍事力の敗北であった以上に、私たちの若い文化力の敗退であった。私たちの文化が戦争に対して如何に無力であり、単なるあだ花に過ぎなかったかを、私たちは身を以て体験し痛感した。西洋近代文化の摂取にとって、明治以後八十年の歳月は決して短かすぎたとは言えない。にもかかわらず、近代文化の伝統を確立し、自由な批判と柔軟な良識に富む文化層として自らを形成することに私たちは失敗して来た。そしてこれは、各層への文化の普及滲透を任務とする出版人の責任でもあった。

一九四五年以来、私たちは再び振出しに戻り、第一歩から踏み出すことを余儀なくされた。これは大きな不幸ではあるが、反面、これまでの混沌・未熟・歪曲の中にあった我が国の文化に秩序と確たる基礎を齎らすためには絶好の機会でもある。角川書店は、このような祖国の文化的危機にあたり、微力をも顧みず再建の礎石たるべき抱負と決意とをもって出発したが、ここに創立以来の念願を果すべく角川文庫を発刊する。これまで刊行されたあらゆる全集叢書文庫類の長所と短所とを検討し、古今東西の不朽の典籍を、良心的編集のもとに、廉価に、そして書架にふさわしい美本として、多くのひとびとに提供しようとする。しかし私たちは徒らに百科全書的な知識のジレッタントを作ることを目的とせず、あくまで祖国の文化に秩序と再建への道を示し、この文庫を角川書店の栄ある事業として、今後永久に継続発展せしめ、学芸と教養との殿堂として大成せんことを期したい。多くの読書子の愛情ある忠言と支持とによって、この希望と抱負とを完遂せしめられんことを願う。

一九四九年五月三日